Carlo Collodi

AS AVENTURAS DE
PINÓQUIO
A história de um boneco

Carlo Collodi

AS AVENTURAS DE
PINÓQUIO

A história de um boneco

Tradução
Beatriz Camacho

Ciranda Cultural

© 2022 Ciranda Cultural Editora e Distribuidora Ltda.

Traduzido do original em italiano
Le Avventure di Pinocchio:
Storia di un burattino

Texto
Carlo Collodi

Editora
Michele de Souza Barbosa

Tradução
Beatriz Camacho

Preparação
Walter Sagardoy

Revisão
Fernanda R. Braga Simon

Produção editorial
Ciranda Cultural

Diagramação
Linea Editora

Ilustrações
Márcia Menezes

Imagens
strichfiguren.de/stock.adobe.com;
Anterovium/stock.adobe.com;
Apostrophe/Shutterstock.com;
Flower design sketch gallery/Shutterstock.com;
Apostrophe/Shutterstock.com;
Yurchenko Yulia/Shutterstock.com;
Pavlo S/Shutterstock.com;
Amguy/Shutterstock.com

Dados Internacionais de Catalogação na Publicação (CIP) de acordo com ISBD

C714a	Collodi, Carlo
	As aventuras de Pinóquio: a história de um boneco / Carlo Collodi ; traduzido por Beatriz Camacho ; ilustrado por Márcia Menezes. - Jandira, SP : Ciranda Cultural, 2022.
	240 p. ; il.: 15,50cm x 22,60cm. - (Clássicos da literatura mundial).
	Título original: Le Avventure di Pinocchio: Storia di un burattino
	ISBN: 978-65-261-0029-5
	1. Literatura infantojuvenil. 2. Literatura italiana. 3. Aventura. 4. Fantasia. 5. Magia. 6. Contos clássicos. I. Camacho, Beatriz. II. Menezes, Márcia. III. Título.
	CDD 028.5
2022-0628	CDU 82-93

Elaborado por Lucio Feitosa - CRB-8/8803

Índice para catálogo sistemático:
1. Literatura infantojuvenil 028.5
2. Literatura infantojuvenil 82-93

1ª edição em 2022
www.cirandacultural.com.br
Todos os direitos reservados.
Nenhuma parte desta publicação pode ser reproduzida, arquivada em sistema de busca ou transmitida por qualquer meio, seja ele eletrônico, fotocópia, gravação ou outros, sem prévia autorização do detentor dos direitos, e não pode circular encadernada ou encapada de maneira distinta daquela em que foi publicada, ou sem que as mesmas condições sejam impostas aos compradores subsequentes.

Esta obra reproduz costumes e comportamentos da época em que foi escrita.

SUMÁRIO

1. Como deu-se que Mestre Cereja, carpinteiro, encontrou um pedaço de madeira que chorava e ria como uma criança 9

2. Mestre Cereja dá o pedaço de madeira de presente para seu amigo Gepeto, que o pega para fabricar um boneco maravilhoso, que soubesse dançar, lutar esgrima e dar saltos mortais 14

3. De volta à casa, Gepeto logo começou a fabricar o boneco e deu-lhe o nome de Pinóquio. Primeiras travessuras do boneco ... 19

4. A história de Pinóquio com o Grilo-Falante, na qual vemos como as crianças travessas detestam ser corrigidas por quem sabe mais do que elas 25

5. Pinóquio sente fome e procura um ovo para fazer uma omelete; mas, na hora H, a omelete voa pela janela 30

6. Pinóquio adormece com os pés sobre a caldeira e, no dia seguinte, acorda com os pés queimados 35

7. Gepeto volta para a casa e dá para o boneco o café da manhã que o pobre homem trouxera para si 40

8. Gepeto refaz os pés de Pinóquio e vende o próprio casaco para lhe comprar uma cartilha de alfabetização 45

9. Pinóquio vende a cartilha para ir assistir ao teatrinho de marionetes 50

CARLO COLLODI

10. As marionetes reconhecem seu irmão Pinóquio e fazem uma grande festa para ele; mas, no auge da alegria, o titereiro Come-Fogo aparece, e Pinóquio corre o risco de ter um trágico final 55

11. Come-Fogo espirra e perdoa Pinóquio, que depois defende seu amigo Arlequim da morte 60

12. O titereiro Come-Fogo presenteia Pinóquio com cinco moedas de ouro para que ele dê para seu pai, Gepeto. Pinóquio, em vez disso, se deixa engambelar pela Raposa e pelo Gato e sai com eles 65

13. A pousada "Camarão Vermelho" 72

14. Pinóquio, por não ter dado ouvidos aos bons conselhos do Grilo-Falante, se depara com os assassinos 79

15. Os assassinos perseguem Pinóquio e, depois que o alcançam, o penduram em um galho do Carvalho Gigante 84

16. A linda Menina dos cabelos azuis resgata o boneco, o coloca na cama e chama três médicos para saber se ele está vivo ou morto 89

17. Pinóquio come o açúcar, mas não quer tomar o remédio. Mas, quando vê os coveiros chegando para levá-lo, então toma. Depois, conta uma mentira, e, como castigo, seu nariz cresce 94

18. Pinóquio reencontra a Raposa e o Gato e vai com eles semear as quatro moedas no Campo dos Milagres 101

19. Pinóquio tem suas moedas de ouro roubadas e, como castigo, ainda fica quatro meses na prisão 108

As aventuras de Pinóquio

20. Libertado da prisão, corre para voltar à casa da Fada, mas, no meio do caminho, encontra uma serpente horrível e, então, fica preso em uma armadilha 113

21. Pinóquio é apanhado por um camponês, que o obriga a trabalhar como cão de guarda em um galinheiro 118

22. Pinóquio descobre quem são os ladrões e, como recompensa por ter sido fiel, é colocado em liberdade 122

23. Pinóquio chora a morte da linda Menina dos cabelos azuis; depois, encontra um Pombo, que o leva até a beira da praia, e, ali, se joga na água para ir ajudar seu pai, Gepeto 127

24. Pinóquio chega à ilha das "Abelhas Operárias" e reencontra a Fada 135

25. Pinóquio promete à Fada que será bondoso e estudioso, pois está cansado de ser um boneco e quer se tornar um bom garoto 143

26. Pinóquio vai com seus colegas de escola até a orla da praia para ver o terrível Tubarão 148

27. Em um grande confronto entre Pinóquio e seus companheiros, um deles acaba sendo ferido, e Pinóquio é preso pelos guardas 153

28. Pinóquio corre o perigo de ser frito na frigideira, como um peixe 162

29. Pinóquio volta para a casa da Fada, que lhe promete que, no dia seguinte, não será mais um boneco, mas um menino. Um belo café da manhã com café com leite é preparado para celebrar este grande acontecimento 169

CARLO COLLODI

30. Pinóquio, em vez de se tornar um menino, foge escondido com seu amigo Pavio para a Vila dos Passatempos.........................178

31. Depois de cinco meses de diversão, Pinóquio, para seu desespero, sente despontar nele um belo par de orelhas de jumento e torna-se um burrinho, com rabo e tudo.......................185

32. Pinóquio ganha orelhas de burro e, então, torna-se um burrinho de verdade e começa a zurrar...193

33. Ao tornar-se um burrinho de verdade, é levado para ser vendido e é comprado pelo diretor de uma companhia de palhaços, que o ensina a dançar e saltar obstáculos. Mas, certa noite, ele começa a mancar, e é então vendido para outra pessoa, que deseja fazer um tambor com sua pele..............202

34. Atirado ao mar, Pinóquio é comido pelos peixes e volta a ser um boneco como antes. Mas, enquanto nada para se salvar, é engolido pelo terrível Tubarão..212

35. Pinóquio reencontra dentro do corpo do Tubarão... Adivinhem! Leiam este capítulo e então descobrirão...................221

36. Enfim, Pinóquio deixa de ser um boneco e torna-se um menino 228

1

Como deu-se que Mestre Cereja, carpinteiro, encontrou um pedaço de madeira que chorava e ria como uma criança.

Era uma vez...

– Um rei! – logo dirão os meus pequenos leitores.

– Não, crianças, vocês se enganaram. Era uma vez um pedaço de madeira. Não era uma madeira luxuosa, mas um simples pedaço de acha, daqueles que, no inverno, são colocados nas estufas e nas lareiras para acender o fogo e aquecer os ambientes das casas.

Não sei como isso aconteceu, mas o fato é que, um belo dia, esse pedaço de madeira apareceu na oficina de um velho carpinteiro, cujo nome real era Mestre Antônio, mas que todos chamavam de Mestre Cereja, por causa da ponta de seu nariz, que estava sempre lustrada e arroxeada, como uma cereja madura.

Assim que Mestre Cereja viu aquele pedaço de madeira, animou-se. Esfregando as mãos de contentamento, murmurou:

– Esta madeira chegou em boa hora; quero usá-la para fazer uma perna de mesinha.

Dito e feito! Imediatamente, ele pegou um machado afiado para começar a tirar a casca da madeira e refiná-la, mas, quando estava prestes a lhe desferir a primeira machadada, permaneceu com o braço suspenso no ar, pois ouviu uma voz bem fininha, que implorava:

– Não me bata com tanta força!

Imagine como o bondoso velho Mestre Cereja reagiu!

Correu os olhos assustados pelo cômodo, para ver de onde poderia vir aquela vozinha, e não viu ninguém! Olhou embaixo da bancada, não havia ninguém; olhou dentro de um armário que ficava sempre fechado, ninguém; olhou no cesto de aparas e serragem, ninguém; abriu a porta da oficina para dar uma conferida na rua, ninguém. Pois então...

– Entendi – disse, rindo e coçando a peruca. – Talvez seja minha imaginação. Voltemos ao trabalho.

Com o machado novamente em punho, desferiu um golpe majestoso no pedaço de madeira.

– Ai! Você me machucou! – gritou, choramingando, a vozinha que ouvira anteriormente.

Dessa vez, Mestre Cereja ficou paralisado, com os olhos esbugalhados de medo, a boca escancarada e a língua pendendo até o queixo, como um mascarão[1] de fonte.

Assim que recuperou as palavras, começou a dizer, tremendo e gaguejando de susto:

– Mas de onde terá saído essa vozinha que disse *Ai*? Mas não tem alma viva aqui. Será, por acaso, que este pedaço de madeira aprendeu a chorar e a resmungar como uma criança? Não posso acreditar nisso. Esta madeira aqui é um pedaço de madeira para a lareira, como todos os outros, e, se o jogarmos no fogão, ele cozinha uma panela de feijão... Ou não? Será que tem alguém escondido aqui dentro? Se tem alguém escondido, pior para ele. Eu vou já dar um jeito nisso!

E, assim dizendo, agarrou o pobre pedaço de madeira com as duas mãos e começou a batê-lo contra as paredes da oficina sem piedade.

Depois, ele pôs-se em posição de escuta para tentar ouvir alguma voz se lamentando. Esperou dois minutos, e nada; cinco minutos, e nada; dez minutos, e nada!

– Entendi – disse, então, esforçando-se para rir e passando a mão pelos cabelos. – Talvez eu tenha imaginado aquela vozinha que disse *Ai*! Voltemos ao trabalho.

E, por ter sido tomado por um grande medo, tentou cantarolar para ganhar um pouco de coragem.

Nesse ínterim, colocou o machado de lado e pegou a plaina para aplainar e polir o pedaço de madeira; mas, enquanto o aplainava para cima e para baixo, ele ouviu a vozinha de sempre, que lhe disse, rindo:

---

[1] Elemento decorativo com a forma de uma cabeça humana com feições normais ou grotescas, geralmente feito de cimento, gesso ou pedras e usado como ornamento em fontes, cornijas, etc. (N.T.)

AS AVENTURAS DE PINÓQUIO

– Pare! Você está me fazendo cócegas!

Desta vez, o pobre Mestre Cereja caiu desmaiado. Fulminante. Quando reabriu os olhos, viu-se sentado no chão.

Seu rosto parecia transfigurado, e até a ponta do nariz, geralmente vermelha, tornara-se azul de tanto medo.

2

Mestre Cereja dá o pedaço de madeira de presente para seu amigo Gepeto, que o pega para fabricar um boneco maravilhoso, que soubesse dançar, lutar esgrima e dar saltos mortais.

As aventuras de Pinóquio

Nesse momento, bateram à sua porta.

– Entre – disse o carpinteiro, sem forças para se levantar.

Os passos de um velhinho todo ágil, cujo nome era Gepeto, foram logo reconhecidos por Mestre Cereja. Os meninos da vizinhança, quando queriam tirar Gepeto do sério, chamavam-no pelo apelido de Polentinha, por causa de sua peruca amarela, que se parecia muito com uma polenta servida no café da manhã de quase todas as casas da região.

Gepeto era genioso. Ai de quem o chamasse de Polentinha! De pronto virava uma fera, e não havia mais meios de contê-lo.

– Bom dia, Mestre Antônio – disse Gepeto. – O que você faz aí no chão?

– Estou ensinando aritmética para as formigas.

– Que façam bom proveito disso.

– Quem lhe trouxe até mim, compadre Gepeto?

– Minhas pernas. Saiba que vim até você para lhe pedir um favor, Mestre Antônio.

– Estou aqui, pronto para servi-lo – respondeu o carpinteiro, colocando-se de joelhos.

– Choveu uma ideia em meu cérebro nesta manhã.

– Vamos ouvi-la.

– Eu pensei em confeccionar um boneco de madeira; mas um boneco maravilhoso, que saiba dançar, lutar esgrima e dar saltos mortais. Com esse boneco, eu quero rodar o mundo em troca de um pedaço de pão e uma taça de vinho: o que você acha?

– Bravo, Polentinha! – gritou a vozinha de sempre, que não se sabia de onde vinha.

Ao ouvir ser chamado de Polentinha, compadre Gepeto ficou vermelho como um pimentão e, virando-se para o carpinteiro, disse-lhe enfurecidamente:

– Por que está me ofendendo?

– Quem o ofendeu?

– Você me chamou de Polentinha!

– Não fui eu.

– Vai ver fui eu mesmo! Pois eu digo que foi você.

– Não!

– Sim!

– Não!

– Sim!

E, à medida que o clima foi esquentando, eles foram das palavras às vias de fato e se engalfinharam, se arranharam, se morderam e se insultaram.

Ao final do combate, Mestre Antônio tinha a peruca amarela de Gepeto nas mãos, e Gepeto reparou que estava com a peruca grisalha do carpinteiro na boca.

– Devolva a minha peruca! – gritou Mestre Antônio.

– E você devolva a minha, e façamos as pazes.

Os dois velhotes, após terem recuperado suas devidas perucas, apertaram-se as mãos e juraram continuar sendo bons amigos pelo resto da vida.

– Então, compadre Gepeto – disse o carpinteiro como sinal de paz –, o que deseja de minha parte?

– Eu gostaria de um pouco de madeira para confeccionar o meu boneco. Poderia arrumar para mim?

Prontamente, Mestre Antônio foi todo contente até a bancada para pegar aquele pedaço de madeira que lhe causara tanto medo. Mas, quando estava prestes a entregá-lo para o amigo, o pedaço de madeira o chacoalhou inteiro e, escorregando violentamente de suas mãos, bateu com força nas canelas secas do pobre Gepeto.

– Ah! É com essa delicadeza que você dá de presente as suas coisas, Mestre Antônio? Você quase me deixou manco!

– Eu juro que não fui eu!

– Então fui eu!

– A culpa é dessa madeira…

– Eu sei que é da madeira; mas foi você quem a jogou em minhas pernas!

– Eu não joguei nada em você!

– Mentiroso!

– Gepeto, não me ofenda; senão irei chamá-lo de Polentinha!

– Asno!

– Polentinha!

– Burro!

– Polentinha!

– Besta quadrada!

– Polentinha!

A ouvir ser chamado de Polentinha pela terceira vez, Gepeto perdeu o brilho que tinha nos olhos, avançou sobre o carpinteiro e, ali, trocaram diversos insultos.

Quando a batalha terminou, Mestre Antônio tinha dois arranhões no nariz, e o outro, dois botões a menos no colete. Tendo assim as contas acertadas, apertaram-se as mãos e juraram continuar sendo bons amigos pelo resto da vida.

Então, Gepeto pegou o bom pedaço de madeira e, após agradecer ao Mestre Antônio, voltou mancando para casa.

3

De volta à casa, Gepeto logo começou a fabricar o boneco e deu-lhe o nome de Pinóquio.

Primeiras travessuras do boneco.

CARLO COLLODI

A casa de Gepeto era um quartinho no térreo, iluminado através do vão da escada. A mobília não podia ser mais simples: uma cadeira desconfortável, uma cama nada boa e uma mesinha toda deteriorada. Na parede dos fundos, era possível avistar uma lareira com o fogo aceso; mas o fogo era pintado e, ao lado dele, havia uma panela, também pintada, que fervia alegremente e soltava uma nuvem de vapor que parecia vapor de verdade.

Assim que chegou a casa, Gepeto pegou suas ferramentas e começou a entalhar e a fabricar seu boneco.

– Que nome darei a ele? – perguntou para si mesmo. – Eu quero chamá-lo de Pinóquio. Este nome lhe trará sorte. Conheci uma família inteira de Pinóquios: o Pinóquio pai, a Pinóquio mãe e os Pinóquios filhos, e todos eles passavam bem. O mais rico deles pedia esmola.

Definido o nome do boneco, pôs-se a trabalhar com afinco e rapidamente fez os cabelos, a testa e, então, os olhos.

Ao terminar de fazer os olhos, imaginem seu espanto ao perceber que os olhos se moviam e o encaravam fixamente.

Gepeto, vendo-se fitado por aqueles dois olhos de madeira, ofendeu-se e falou com um tom ressentido:

– Olhos de madeira, por que me encaram assim?

Ninguém respondeu.

Então, depois dos olhos, fez o nariz; mas o nariz, assim que foi feito, começou a crescer, crescer e crescer e tornou-se, em poucos minutos, um narigão que não tinha fim.

O pobre Gepeto estava cansado de cortá-lo; quanto mais o cortava e o encurtava, mais aquele nariz impertinente crescia.

Depois do nariz, ele fez a boca.

A boca ainda não havia sido finalizada quando começou a rir e a zombar dele.

– Pare de rir! – disse Gepeto, aborrecido.

Mas foi como falar com a parede.

– Pare de rir, eu repito! – gritou, com um tom de voz ameaçador.

Então, a boca parou de rir, mas colocou a língua inteira para fora.

Para não perder a cabeça, Gepeto fingiu não ter visto isso e seguiu trabalhando. Depois da boca, ele fez o queixo, em seguida, o pescoço e, então, os ombros, a barriga, os braços e as mãos.

Assim que terminou de fazer as mãos, Gepeto sentiu sua peruca ser retirada de sua cabeça. Olhou para cima e o que viu?

Viu sua peruca amarela na mão do boneco.

– Pinóquio! Devolva a minha peruca imediatamente!

E Pinóquio, em vez de devolver-lhe a peruca, colocou-a na própria cabeça, ficando quase escondido embaixo dela.

Esse gesto insolente e zombeteiro deixou Gepeto triste e melancólico, como nunca fora em toda a sua vida. E, voltando-se para Pinóquio, disse-lhe:

– Filhote travesso! Ainda nem terminei de fazê-lo e já está desrespeitando seu pai! Feio, meu garoto, muito feio!

E enxugou uma lágrima.

As pernas e os pés ainda precisavam ser feitos.

Quando Gepeto terminou de fazer os pés, sentiu chegar um pontapé bem na ponta de seu nariz.

– Eu mereço! – disse para si mesmo. – Deveria ter pensado nisso antes! Agora é tarde!

Então, pegou o boneco e colocou-o no chão, no piso da sala, para fazê-lo caminhar.

Pinóquio tinhas as pernas retraídas e não conseguia se mexer, então Gepeto o conduzia pela mão para ensiná-lo a dar um passo depois do outro.

Quando as pernas dele foram esticadas, Pinóquio começou a caminhar e a correr sozinho pela sala; até que, tendo atravessado a porta de casa, lançou-se pela rua e pôs-se a fugir.

AS AVENTURAS DE PINÓQUIO

O pobre Gepeto corria atrás dele, sem conseguir alcançá-lo, pois o malandrinho do Pinóquio saltitava como uma lebre e, batendo seus pés de madeira no asfalto da rua, fazia um barulho muito alto, equivalente ao de uns vinte tamancos.

– Peguem-no! Peguem-no! – gritava Gepeto. Mas as pessoas na rua, ao verem o boneco de madeira que corria como um cavalo de corrida, paravam, encantadas a observá-lo, e riam, riam, riam, sem conseguir acreditar no que viam.

Por fim, e por sorte, apareceu um guarda que, tendo ouvido toda aquela gritaria e acreditando tratar-se de um potrinho que levantara a mão para o seu dono, corajosamente fincou-se com as pernas afastadas no meio da rua, determinado a contê-lo e a impedir maiores desastres.

Mas, quando Pinóquio avistou de longe o guarda que bloqueava a rua toda, empenhou-se em ultrapassá-lo, de surpresa, por entre as pernas, mas acabou se dando mal.

Sem se mexer, o guarda o apanhou pelo nariz (era um narigão desproporcional, que parecia ter sido feito de propósito para ser apanhado pelos guardas) e o entregou diretamente nas mãos de Gepeto. Este, a título de correção, quis logo dar-lhe um bom puxão de orelhas. Mas imagine como ele ficou quando, ao procurar pelas orelhas, não as encontrou. E sabe por quê? Porque, na fúria de esculpi-lo, esquecera-se de fazê-las.

Então, agarrou-o pelo cangote e, enquanto o conduzia de volta, disse a ele, balançando a cabeça ameaçadoramente:

– Vamos para a casa agora. E não tenha dúvidas de que acertaremos as contas quando chegarmos lá!

Durante o sermão que Gepeto lhe passava, Pinóquio jogou-se no chão e não quis mais caminhar. Nesse meio-tempo, os curiosos e desocupados começaram a se aproximar e a se aglomerar ao redor dele.

Uns diziam uma coisa e outros diziam outra.

– Pobre boneco! – diziam alguns. – Tem razão em não querer voltar para casa! Vai saber como seria espancado pelo machão do Gepeto!

E os outros acrescentavam maldosamente:

– Gepeto parece um cavalheiro, mas é um verdadeiro tirano com as crianças! Se deixarem esse pobre boneco em suas mãos, é perfeitamente capaz de parti-lo em pedacinhos.

Resumindo, tanto falaram e fizeram que o guarda libertou Pinóquio e conduziu o pobre Gepeto para a prisão. Sem palavras para se defender, o pobre ancião chorava como um bezerro. Ao aproximar-se da cela, murmurou, soluçando:

– Filho desalmado! E pensar que penei tanto para fazer um boneco bondoso! Mas foi merecido! Eu deveria ter pensado nisso antes!

O que aconteceu a seguir é uma história tão estranha que chega a ser inacreditável, e eu a contarei nos próximos capítulos.

4

A história de Pinóquio com o Grilo-Falante, na qual vemos como as crianças travessas detestam ser corrigidas por quem sabe mais do que elas.

Eu lhes direi, inclusive, crianças, que, enquanto o pobre Gepeto era injustamente levado para a prisão, o espertinho do Pinóquio, livre das garras do guarda, zarpou pelos campos, para chegar em casa o mais rápido possível. E, na fúria louca de correr, saltava encostas altíssimas, arbustos de espinhos e fossas cheias de água, tal como fariam cabritos e lebres perseguidos por caçadores.

Ao chegar a casa, encontrou a porta entreaberta. Ele a empurrou, entrou e, assim que fechou o trinco, jogou-se no chão, soltando um longo suspiro de satisfação.

Mas essa satisfação durou pouco, pois ouviu alguém na sala fazer:

– *Cri-cri-cri!*

– Quem está me chamando? – perguntou Pinóquio, bastante amedrontado.

– Sou eu!

Pinóquio virou-se e avistou um grilo enorme subindo lentamente pela parede.

– E quem é você, Grilo?

– Eu sou o Grilo-Falante e vivo nesta sala há mais de cem anos.

– Mas esta sala agora é minha– disse o boneco –, e, se você quiser me fazer um grande favor, vá embora imediatamente, sem nem olhar para trás.

– Eu não sairei daqui – respondeu o Grilo –, não sem antes lhe dizer uma grande verdade.

– Pois diga-me e saia.

– Tenho pena dos filhos que se voltam contra os pais e que abandonam a casa paterna por capricho. Eles nunca serão felizes neste mundo e, cedo ou tarde, haverão de se arrepender amargamente.

– Pois cante, meu Grilo, como você bem entender e quiser. Mas eu sei que amanhã bem cedo quero partir, pois, se fico aqui, acontecerá comigo aquilo que acontece com todas as outras crianças, isto é, me mandarão para a escola, e, pelo amor ou pela dor, terei de estudar. E, em segredo, eu lhe

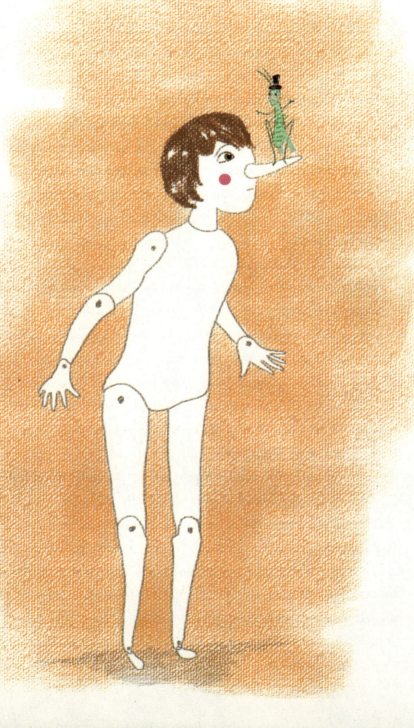

digo: não tenho a menor vontade de estudar e me divirto mais correndo atrás de borboletas e subindo em árvores para pegar passarinhos no ninho.

– Pobre ignorante! Não percebe que fazendo isso você se tornará um grandessíssimo burro, do qual todos irão debochar?

– Cale-se, bicho-grilo agourento! – gritou Pinóquio.

Mas o grilo, que era paciente e filosófico, em vez de se ofender com essa impertinência, continuou com o mesmo tom de voz:

– E, se você não quer ir para a escola, por que não aprende então uma profissão, para que possa ganhar seu pão de cada dia honestamente?

– Você quer que eu lhe diga? – replicou Pinóquio, que começava a perder a paciência. – Existe apenas uma profissão neste mundo que me agrada de verdade.

– E qual seria essa profissão?

– A de comer, beber, dormir, divertir-me e ser um completo vagabundo de manhã até a noite.

– Para a sua informação – disse o Grilo-Falante com sua calma habitual –, todos aqueles que exercem essa profissão acabam, quase sempre, no hospital ou na prisão.

– Cuidado, bicho-grilo agourento… Ai de você, se me irritar!

– Pobre Pinóquio! Tenho muita pena de você!

– Por que você tem pena de mim?

– Porque você é um boneco e, pior ainda, tem uma cabeça de madeira.

Ao ouvir estas últimas palavras, Pinóquio levantou-se num pulo e, enfurecido, pegou um martelo que estava na bancada e o lançou contra o Grilo-Falante.

Talvez ele nem pensasse em atingi-lo; mas, infelizmente, acertou-o justo na cabeça, tanto que o pobre Grilo mal teve fôlego para fazer cri-cri-cri e ali permaneceu, morto e grudado na parede.

5

Pinóquio sente fome e procura um ovo para fazer uma omelete; mas, na hora H, a omelete voa pela janela.

Então começou a anoitecer, e Pinóquio, lembrando-se de que não havia comido nada, sentiu um vazio no estômago, bastante semelhante ao apetite.

Mas o apetite nas crianças evolui muito rápido e, de fato, em poucos minutos, o apetite tornou-se fome, e a fome, em um piscar de olhos, virou uma fome de leão, uma fome quase palpável.

O pobre Pinóquio correu imediatamente para o fogão, onde estava a panela que fervia, e tentou destampá-la para ver o que havia dentro, mas a panela era pintada na parede. Imaginem como ele ficou. Seu nariz, que já era longo, aumentou uns quatro dedos, no mínimo.

Então, começou a correr pela sala e a vasculhar todas as gavetas e todos os armários, procurando um pedaço de pão, quiçá um pedaço de pão seco, umas migalhas, um osso dado para o cachorro, um pouco de polenta mofada, uma espinha de peixe, um caroço de cereja, enfim, alguma coisa para mastigar. Mas não encontrou nada, absolutamente nada, nada mesmo.

Enquanto isso, a fome crescia, e crescia cada vez mais. E o pobre Pinóquio não encontrava outro alívio senão bocejar; e dava bocejos tão longos que, algumas vezes, sua boca chegava até as orelhas. E, depois de bocejar, ele cuspia e sentia que seu estômago estava saindo junto.

Então, chorando de desespero, dizia:

– O Grilo-Falante tinha razão. Eu errei ao rebelar-me contra o meu pai e fugir de casa… Se o meu pai estivesse aqui, eu não estaria morrendo de tanto bocejar! Ah, que doença terrível é a fome! – De repente, pensou ter avistado numa pilha de lixo algo redondo e branco que se parecia muito com um ovo de galinha. Deu um pulo e se jogou sobre este. Era um ovo mesmo.

É impossível descrever a alegria do boneco: vocês vão precisar imaginá-la. Acreditando ser um sonho, ele girava o ovo nas mãos, tocava-o e o beijava, e beijando-o dizia:

– E agora, como devo cozinhá-lo? Vou fazer uma omelete! Não… é melhor cozinhá-lo na panela! Ou seria melhor fritá-lo na frigideira? Ou se, em vez disso, eu o cozinhasse como ovo quente, para bebê-lo? Não, o jeito mais rápido de cozinhá-lo é na panela ou no tacho. Estou morrendo de vontade de comê-lo!

Assim, colocou um tacho na caldeira cheia de brasas. Em vez de óleo ou manteiga, colocou um pouco de água no tacho e, quando a água começou a ferver… *tac*! Quebrou a casca do ovo e o escorreu ali dentro.

Mas, em vez da clara e da gema, saiu de dentro dele um pintinho todo alegre e agradecido, o qual lhe disse, com um belo gesto de reverência:

– Muito obrigado, senhor Pinóquio, por ter me poupado da fadiga de romper a casca! Adeus, fique bem, e meus cumprimentos a todos da casa!

Dito isso, ele abriu as asas, atravessou a janela que estava aberta e tomou seu rumo.

O pobre boneco ficou ali, como que encantado, com os olhos fixos, a boca aberta e as cascas do ovo na mão. Contudo, recuperado do primeiro choque, começou a chorar, a esgoelar, a bater os pés no chão de desespero. Chorando, dizia:

– O Grilo-Falante realmente tinha razão! Se eu não tivesse fugido de casa e se meu pai estivesse aqui, eu não estaria morrendo de fome agora! Ah, que doença terrível é a fome!

E, como seu corpo continuava a roncar mais do que nunca, e ele não sabia o que fazer para silenciá-lo, pensou em sair de casa e dar uma escapulida até a vila vizinha, na esperança de encontrar alguma alma caridosa que lhe desse um pouco de pão como esmola.

6

Pinóquio adormece com os pés sobre a caldeira e, no dia seguinte, acorda com os pés queimados.

As aventuras de Pinóquio

De fato, era uma noite absolutamente infernal. Trovejava muito forte, relampejava como se o céu estivesse pegando fogo, e um vento frio e cortante, assobiando raivosamente e levantando uma imensa nuvem de poeira, fazia ranger e chiar todas as árvores do campo.

Pinóquio tinha muito medo de trovões e relâmpagos, mas a fome era maior do que o medo: motivo pelo qual foi aos saltos até a vila, uma centena deles, é bem verdade. Chegou lá com a língua de fora e a respiração pesada, tal qual um cão de caça.

Mas encontrou tudo escuro e deserto. As vendas estavam fechadas; as portas das casas, fechadas; as janelas, fechadas; e não havia um único cachorro na rua. Parecia a vila dos mortos.

Então, Pinóquio, tomado pelo desespero e pela fome, agarrou-se à campainha de uma casa e começou a tocá-la insistentemente, dizendo para si mesmo:

– Vai aparecer alguém, vai aparecer alguém.

De fato, apareceu um velhinho, com seu gorro de dormir na cabeça, que gritou, furioso:

– O que você deseja a esta hora?

– O senhor poderia me dar um pedaço de pão, por favor?

– Espere aí que eu já volto – respondeu o velhinho, acreditando estar lidando com um daqueles moleques travessos que se divertem tocando a campainha das casas durante a noite, para perturbar a pessoas trabalhadoras que dormem em paz.

Depois de meio minuto, a janela se abriu de novo, e o velhinho gritou para o Pinóquio:

– Aproxime-se e estenda-me o chapéu.

Pinóquio tirou o chapeuzinho imediatamente, mas, enquanto se preparava para estendê-lo, sentiu cair sobre si uma enorme bacia de água, molhando-o completamente da cabeça aos pés, como se fosse um vaso de gerânios murchos.

AS AVENTURAS DE PINÓQUIO

Voltou para casa banhado como um pintinho e exaurido pelo cansaço e pela fome. Como não tinha mais forças para se manter de pé, sentou-se, apoiando os pés encharcados e sujos na caldeira com o fogo aceso.

E lá ele adormeceu. Porém, enquanto dormia, os pés, que eram de madeira, pegaram fogo e, lentamente, se carbonizaram e viraram cinzas.

E Pinóquio continuava a dormir e a roncar, como se aqueles pés não fossem dele. Ao amanhecer, alguém bateu à porta, e ele finalmente acordou.

– Quem é? – perguntou, bocejando e esfregando os olhos.

– Sou eu! – foi a resposta.

Era Gepeto.

7

Gepeto volta para a casa e dá para o boneco o café da manhã que o pobre homem trouxera para si.

AS AVENTURAS DE PINÓQUIO

O pobre Pinóquio, que tinha os olhos pesados de sono, ainda não vira que seus pés estavam completamente queimados. Por isso, assim que ouviu a voz do pai, pulou do banquinho para correr e destrancar o fecho de madeira da porta, mas, em vez disso, depois de dois ou três tropicões, caiu estabacado no chão. E, ao bater no chão, fez o mesmo barulho que teria feito um monte de conchas de madeira caindo do quinto andar.

– Abra a porta! – gritava Gepeto da rua enquanto isso.

– Eu não posso, papai – respondia o boneco, chorando e rolando pelo chão.

– Por que não pode?

– Porque comeram os meus pés.

– E quem os comeu?

– O gato – disse Pinóquio ao ver o gato se divertindo, fazendo dançar algumas lascas de madeira com as patinhas da frente.

– Estou lhe dizendo para abrir! – repetiu Gepeto –, senão, quando entrar em casa, eu mesmo lhe dou o gato!

– Não consigo ficar de pé, acredite em mim. Ah, coitado de mim! Coitado de mim, que terei de andar de joelhos pelo resto da vida!

Gepeto, acreditando que esse chororô todo fosse mais uma das travessuras do boneco, achou melhor acabar logo com aquela encenação e, escalando o muro, entrou na casa pela janela.

A princípio, queria fazer e acontecer, mas depois, ao ver seu Pinóquio atirado no chão e sem os pés, sentiu o coração amolecer. Pegou-o imediatamente no colo e começou a beijá-lo e a fazer-lhe mil carinhos e bajulações. Então, entre as lágrimas que escorriam por suas bochechas, disse-lhe, soluçando:

– Meu Pinoquinho! Como você queimou os seus pés?

– Não sei, papai, mas acredite quando lhe digo que foi uma noite infernal, da qual me recordarei enquanto for vivo. Trovejava, relampejava, e

eu estava com muita fome quando o Grilo-Falante me disse: "Você merece, foi maldoso e, por isso, merece tudo isso", e eu disse para ele: "Cuidado, Grilo!", e ele me disse: "Você é um boneco e tem a cabeça de madeira", então, eu lhe atirei um cabo de martelo, e ele morreu, mas a culpa foi dele, porque eu não queria matá-lo, e prova é que coloquei um tacho na brasa acesa da caldeira, mas o pintinho escapou e disse: "Adeus... e saudações a todos da casa", e a fome crescia cada vez mais, motivo pelo qual o velhinho com gorro de dormir apareceu na janela e me disse: "Aproxime-se e estenda-me o chapéu", e eu, com aquela baciada de água na cabeça, pois pedir um pedaço de pão não é vergonha, não é verdade?, voltei imediatamente para casa e, como estava com muita fome, coloquei os pés na caldeira para me secar, e você voltou e os encontrou queimados, e enquanto isso eu ainda estou com fome e não tenho mais os pés! Oh! Oh! Oh! Oh!

E o pobre Pinóquio começou a chorar e a berrar tão alto que era possível ouvi-lo a cinco quilômetros de distância.

Gepeto, que daquele discurso confuso havia compreendido apenas uma coisa, isto é, que o boneco estava morto de fome, tirou do bolso três peras e, oferecendo-as para ele, disse:

– Estas três peras eram meu café da manhã, mas eu as ofereço com prazer. Coma-as e faça bom proveito delas.

– Se você quer que eu as coma, faça-me o favor de descascá-las.

– Descascá-las? – replicou Gepeto, admirado. – Eu nunca imaginaria que você, meu filho, fosse tão exigente e chato para comer. Que feio! Nós precisamos nos acostumar a experimentar e aprender a comer de tudo desde criança, pois não sabemos o que pode acontecer. São muitos os casos!

– Você falou bonito – acrescentou Pinóquio –, mas eu nunca comerei uma fruta que não esteja descascada. Eu não suporto cascas.

Então, o bondoso Gepeto sacou uma faquinha e, armando-se de uma santa paciência, descascou as três peras e colocou todas as cascas em um canto da mesa.

Quando Pinóquio, em duas dentadas, terminou de comer a primeira pera, ameaçou jogar fora o caroço, mas Gepeto segurou seu braço, dizendo-lhe:

– Não jogue isso fora. Tudo pode ser útil neste mundo.

– Mas eu não como o caroço de forma alguma! – gritou o boneco, rebelando-se como uma cobra.

– Vai saber! São muitos os casos! – repetiu Gepeto, sem se alterar.

Fato é que os três caroços, em vez de serem jogados pela janela, foram colocados no canto da mesa, ao lado das cascas.

Depois de comer, ou melhor, devorar as três peras, Pinóquio deu um longo bocejo e disse, choramingando:

– Ainda estou com fome!

– Mas eu não tenho mais nada para lhe dar, meu filho.

– Nada, nada?

– Tenho somente estas cascas e caroços de pera.

– Paciência então! – disse Pinóquio. – Se não tem mais nada, comerei uma casca.

E começou a mastigá-las. A princípio, torceu o nariz; mas então, uma após a outra, devorou todas as cascas e, depois das cascas, os caroços também, e, quando terminou de comer tudo, bateu com as mãos na barriga e disse em êxtase:

– Agora, sim, estou satisfeito!

– Percebe agora – observou Gepeto – como eu tinha razão quando lhe dizia que não se deve educar o paladar para ser nem tão sofisticado nem tão delicado? Nunca sabemos o que pode acontecer conosco neste mundo, meu caro. São muitos os casos!

8

Gepeto refaz os pés de Pinóquio e vende o próprio casaco para lhe comprar uma cartilha de alfabetização.

Assim que passou a fome, o boneco começou a resmungar e a chorar, pois queria um par de pés novos.

Mas Gepeto, para castigá-lo por sua travessura, deixou-o chorando e se desesperando por quase metade do dia, e então lhe disse:

– E por que eu deveria refazer os seus pés? Para ver você fugir de casa novamente, talvez?

– Eu prometo – disse o boneco, soluçando – que serei um bom menino a partir de hoje...

– Todas as crianças – replicou Gepeto – falam isso quando querem ganhar alguma coisa.

– Eu prometo a você que irei para a escola, estudarei e me tornarei honrado...

– Todas as crianças, quando querem ganhar alguma coisa, repetem a mesma história.

– Mas eu não sou como as outras crianças! Eu sou melhor do que todas elas e digo sempre a verdade. Eu prometo, papai, que aprenderei uma arte e que serei o conforto e a bengala de sua velhice.

Embora Gepeto ainda fizesse cara de tirano, tinha os olhos marejados e o coração cheio de amor, vendo seu pobre Pinóquio naquele estado de compaixão. Não disse mais uma palavra, mas pegou as ferramentas de trabalho e dois pedaços de madeira temperada e começou a trabalhar com grande afinco.

Em menos de uma hora, os pés estavam belos e feitos: dois pezinhos ligeiros, magros e nervosos, como se tivessem sido moldados por um artista genial.

Então, Gepeto disse para o boneco:

– Feche os olhos e durma!

Pinóquio fechou os olhos e fingiu que dormia. E, enquanto fingia dormir, Gepeto, com um pouco de cola dissolvida em uma casca de ovo, grudou os dois pés em seus devidos lugares e grudou-os tão bem que não se viam nem mesmo os sinais do remendo.

Assim que o boneco reparou que tinha pés novamente, pulou da mesa onde estava deitado e começou a dar mil tropeções e mil saltos mortais, como se estivesse enlouquecido por tamanha felicidade.

– Para recompensá-lo por tudo o que fez por mim – disse Pinóquio ao seu pai –, quero ir para a escola imediatamente.

– Bom garoto!

– Mas, para ir à escola, eu preciso de roupas.

Gepeto, que era pobre e não tinha um centavo no bolso, fez-lhe então uma roupinha de papel florido, um par de sapatos de casca de árvore e um chapeuzinho de miolo de pão.

Pinóquio logo correu para se olhar em uma bacia cheia de água e ficou tão contente com o que viu que disse, vangloriando-se:

– Estou parecendo um cavalheiro!

– Realmente – confirmou Gepeto –, pois, tenha isso sempre em mente, não é a roupa bonita que faz um cavalheiro, mas, sim, a roupa decente.

– A propósito – acrescentou o boneco –, ainda me falta algo para ir à escola; na verdade, falta o mais importante.

– O que seria?

– A cartilha de alfabetização.

– Você tem razão. Mas como é possível conseguir uma?

– É muito fácil: precisamos ir até um livreiro e comprar.

– E o dinheiro?

– Eu não tenho.

– Muito menos eu – acrescentou o bom velhinho, entristecendo-se.

E, embora fosse um garoto muito alegre, Pinóquio também entristeceu--se, pois a miséria, quando é miséria de verdade, é compreendida por todos, inclusive pelas crianças.

– Paciência! – falou Gepeto, levantando-se repentinamente; e, após vestir o velho casaco aveludado, todo costurado e remendado, saiu correndo de casa.

AS AVENTURAS DE PINÓQUIO

Voltou logo em seguida e, quando voltou, tinha em mãos a cartilha para o filho, mas o casaco já não tinha mais. O pobre homem estava de camiseta, e lá fora nevava.

– E o casaco, papai?

– Eu o vendi.

– Por que você o vendeu?

– Porque me dava calor.

Pinóquio entendeu a resposta de imediato e, não conseguindo frear o ímpeto de seu bom coração, pulou no pescoço de Gepeto e começou a beijá-lo por todo o rosto.

9

Pinóquio vende a cartilha para ir assistir ao teatrinho de marionetes.

CARLO COLLODI

Quando a neve parou de cair, Pinóquio, com sua ótima cartilha nova embaixo do braço, pegou a estrada que levava até a escola. Ao longo do caminho, fantasiou em seu cerebrozinho mil pensamentos e mil castelos no ar, um mais bonito do que o outro.

E, discursando para si mesmo, dizia:

– Hoje, na escola, eu quero logo aprender a ler: então, amanhã aprenderei a escrever e, depois de amanhã, aprenderei a contar. Então, com as minhas habilidades, ganharei muito dinheiro e, com as primeiras quantias que embolsarei, quero imediatamente mandar fazer um belo casaco de tecido para o meu pai. Mas que tecido o quê?! Quero fazê-lo todo de prata e ouro, com botões de brilhantes. Aquele pobre homem realmente o merece: porque, afinal de contas, para me comprar livros e me dar uma educação, ele ficou de camiseta... neste frio! Apenas os pais são capazes de certos sacrifícios!

Enquanto dizia isso todo comovido, teve a impressão de ouvir ao longe o som de flautas e golpes de bumbo: *pi-pi-pi, pi-pi-pi, zum, zum, zum, zum.*

De repente, viu-se no meio de uma praça cheia de gente, que se amontoava ao redor de uma grande barraca de madeira e de uma lona pintada de mil cores.

– O que é essa barraca? – perguntou Pinóquio, voltando-se para um rapazinho que vivia ali na região.

– Leia o que está escrito no cartaz e saberá.

– Eu leria com prazer, mas, justo hoje, eu não consigo ler.

– Mas que ignorante! Então, eu vou lê-lo para você. Pois saiba que naquele cartaz, com letras vermelhas como o fogo, está escrito: GRANDE TEATRO DAS MARIONETES...

– Faz tempo que o espetáculo começou?

– Vai começar agora.

– E quanto custa para entrar?

– Quatro tostões.

Pinóquio, com seu intrínseco ímpeto de curiosidade, perdeu todo o controle e, sem nenhuma vergonha, disse ao rapazinho com quem conversava:

– Você me emprestaria quatro tostões até amanhã?

– Eu lhe daria de bom grado – respondeu-lhe o outro, cantarolando –, mas justamente hoje não posso lhe emprestar.

– Eu lhe vendo o meu casaco por quatro tostões – disse-lhe o boneco.

– O que você quer que eu faça com um casaco de papel florido? Se chover nele, não tem mais como arrancá-lo de mim.

– Quer comprar meus sapatos?

– Eles são bons para acender o fogo.

– E quanto ao meu chapéu?

– Uma ótima aquisição, realmente! Um chapéu de miolo de pão! Para os ratos virem comê-lo em cima da minha cabeça!

Pinóquio estava apreensivo. Estava pronto para fazer uma última oferta, mas não tinha coragem: hesitava, titubeava e se afligia. Por fim, disse:

– Você me daria quatro tostões por esta cartilha nova?

– Eu sou uma criança e não compro nada de crianças – respondeu seu pequeno interlocutor, que tinha mais juízo do que ele.

– Eu compro a cartilha por quatro tostões – gritou um revendedor de roupas usadas que presenciara a conversa.

E o livro foi vendido ali mesmo, em dois tempos. E pensar que o pobre Gepeto havia ficado em casa, tremendo de frio, de mangas curtas, para comprar a cartilha para o filho!

10

As marionetes reconhecem seu irmão Pinóquio e fazem uma grande festa para ele; mas, no auge da alegria, o titereiro Come-Fogo aparece, e Pinóquio corre o risco de ter um trágico final.

CARLO COLLODI

Quando Pinóquio entrou no teatrinho das marionetes, ocorreu um fato que causou uma meia revolução.

É preciso que saibam que a cortina havia sido levantada e a peça já havia começado.

No palco, estavam Arlequim e Polichinelo[2], que discutiam entre si e, como de costume, ameaçavam trocar bofetadas e pauladas do nada.

A plateia, muito atenta, passava mal de tanto rir, ao ouvir o entrevero entre as duas marionetes, que administravam e dirigiam cada insulto com tanta verdade como se fossem, de fato, dois animais racionais e duas pessoas deste mundo.

De repente, sem mais nem menos, Arlequim parou de atuar e, voltando-se para o público e acenando com a mão para alguém no fundo da plateia, começou a gritar em tom dramático:

– Deuses do firmamento! Estou sonhando ou acordado? Aquele ali embaixo é o Pinóquio!

– É o Pinóquio, mesmo! – gritou Polichinelo.

– É ele, sim! – gritou a senhora Rosaura, espreitando do fundo do palco.

– É o Pinóquio! É o Pinóquio! – gritaram em coro todas as marionetes, saindo dos bastidores aos pulos. – É o Pinóquio! É nosso irmão Pinóquio! Viva o Pinóquio!

– Pinóquio, suba aqui – gritou Arlequim –, venha se jogar nos braços de seus irmãos de madeira!

Com esse convite carinhoso, Pinóquio deu um salto e, do fundo da plateia foi passando por diferentes assentos; então, com outro salto, subiu na cabeça do maestro da orquestra e, dali, pulou para o palco.

É impossível descrever os abraços, os beliscões no pescoço, os puxões amigáveis e as cabeçadas de real e sincera fraternidade que Pinóquio

---

[2] Polichinelo é uma personagem tradicional e burlesca da *Commedia dell'Arte*, que tem origem nos teatros da Roma Antiga. Ela é caracterizada por suas roupas multicoloridas e seu nariz comprido. (N.T.)

recebeu em meio a tanta confusão dos atores e atrizes daquela companhia dramático-vegetal.

Foi, sem dúvidas, um espetáculo emocionante, mas o público da plateia, vendo que a peça não seguia em frente, perdeu a paciência e começou a gritar:

– Queremos ver a peça, queremos ver a peça!

Reclamação inútil, pois os bonecos, em vez de continuarem com a atuação, dobraram o barulho e os gritos e, colocando Pinóquio nos ombros, carregaram-no triunfante diante das luzes da ribalta.

Então, chegou o titereiro, um homenzarrão tão feio que dava medo só de olhar para ele. Tinha uma barba preta, como se fosse pintada à tinta, e tão comprida que descia do queixo até o chão: basta dizer que, quando caminhava, a chutava com os pés. Sua boca era grande como um forno, e seus olhos pareciam duas lanternas de vidro vermelho, com a luz acesa por trás. E, com as mãos, ele estalava um grosso chicote, feito de serpentes e caudas de raposa entrelaçadas.

Com a aparição inesperada do titereiro, todo emudeceram: não se ouviu mais um pio. Teria sido possível ouvir uma mosca voar. Aqueles pobres bonecos, homens e mulheres, tremiam feito vara verde.

– Por que você veio bagunçar o meu teatro? – perguntou o titereiro a Pinóquio, com um vozeirão de ogro fortemente resfriado.

– Acredite, ilustríssimo, a culpa não foi minha!

– Chega disso! Hoje à noite acertaremos nossas contas.

De fato, ao final da peça, o titereiro foi até a cozinha, onde havia preparado para o jantar um belo carneiro, que girava lentamente enfiado no espeto. E, como faltava lenha para terminar de cozinhá-lo e dourá-lo, chamou Arlequim e Polichinelo e disse para eles:

– Tragam-me aquele boneco que eu amarrei no prego. Ele me parece ser feito de uma madeira muito seca e tenho certeza de que, se jogá-lo no fogo, me dará uma bela brasa para o assado.

As aventuras de Pinóquio

A princípio, Arlequim e Polichinelo hesitaram, mas, aterrorizados pelo olhar do patrão, obedeceram. Pouco depois, voltaram para a cozinha com o pobre Pinóquio nos braços, o qual, debatendo-se como um peixe fora da água, gritava desesperadamente:

– Papai, me salve! Não quero morrer! Não, não quero morrer!

11

Come-Fogo espirra e perdoa Pinóquio, que depois defende seu amigo Arlequim da morte.

AS AVENTURAS DE PINÓQUIO

O titereiro Come-Fogo (pois era este seu nome) parecia um homem assustador, não vou mentir, especialmente com aquela sua barba preta que, como um avental, lhe cobria todo o peito e as pernas inteiras, mas, no fundo, não era um homem mau. A prova é que, quando viu ser trazido para si aquele pobre Pinóquio, que se debatia a cada sílaba, gritando "Não quero morrer, não quero morrer!", imediatamente começou a comover-se e a sentir pena dele. E, depois de ter resistido por um bom tempo, no final não aguentou mais e deixou escapar um espirro bem alto.

Com esse espirro, Arlequim, que até então estava aflito e curvado como um salgueiro-chorão, fez uma cara de contente e, inclinando-se para Pinóquio, cochichou-lhe bem baixinho:

– Boas-novas, meu irmão! O titereiro espirrou, e isso significa que se compadeceu de você e, portanto, está salvo.

Porque é preciso saber que, enquanto todos os homens, quando sentem compaixão de alguém, ou choram ou, pelo menos, fingem enxugar os olhos. Come-Fogo, ao contrário, toda vez que se enternecia de verdade, tinha o hábito de espirrar. Era um modo, como qualquer outro, de demonstrar a todos a sensibilidade de seu coração.

Depois de ter espirrado, o titereiro, continuando a bancar o durão, gritou para Pinóquio:

– Pare de chorar! Seus gemidos estão me dando um nó aqui no estômago... sinto um espasmo que quase, quase... *Atchim! Atchim!* – e deu outros dois espirros.

– Saúde! – disse Pinóquio.

– Obrigado. E seu pai e sua mãe são vivos ainda? – perguntou-lhe Come-Fogo.

– Papai, sim. Mas mamãe eu nunca conheci.

– Imagine o desgosto que eu daria para o seu velho pai se eu o jogasse naquelas brasas ardentes! Pobre velho! Eu me compadeço dele! *Atchim! Atchim! Atchim!* – e deu outros três espirros.

– Saúde! – disse Pinóquio.

– Obrigado! No final das contas, também sou digno de pena, porque, como pode ver, não tenho mais lenha para terminar de cozinhar meu carneiro assado, e você, digo a verdade, teria sido muito útil neste caso! Mas agora sinto pena, paciência! Em vez de você, colocarei algum boneco da minha companhia para queimar embaixo do espeto. Atenção, soldados!

A este comando, apareceram imediatamente dois soldadinhos de madeira, muito altos, bem secos, com chapéu de lanterna na cabeça e com a espada sem forro nas mãos.

Então, o titereiro disse para eles com voz agonizante:

– Peguem o Arlequim ali para mim. Amarrem-no muito bem e, depois, o joguem no fogo para que queime. Eu quero meu carneiro bem assado!

Imaginem o pobre Arlequim! Seu espanto foi tão grande que a pernas se dobraram, e ele caiu com a cara no chão.

Pinóquio, ao ver aquela cena devastadora, jogou-se aos pés do titereiro e, chorando copiosamente e banhando em lágrimas todos os pelos daquela barba longuíssima, começou a suplicar:

– Tenha piedade, senhor Come-Fogo!

– Aqui não há senhores! – replicou rispidamente o titereiro.

– Tenha piedade, senhor Cavalheiro!

– Aqui não há cavalheiros!

– Tenha piedade, Comendador!

– Aqui não há comendadores!

– Tenha piedade, Excelência!

Ao ouvir ser chamado de Excelência, o titereiro fez um biquinho e, imediatamente, tornou-se mais humano e afável e disse para Pinóquio:

– O que você quer de mim, então?

– Peço-lhe que seja complacente com o pobre Arlequim.

– Aqui não há complacência. Se eu poupei você, preciso jogá-lo no fogo, pois quero que meu carneiro fique bem assado.

– Neste caso – gritou Pinóquio destemidamente, levantando-se e jogando para longe seu chapeuzinho de miolo de pão –, neste caso, eu sei qual é a minha obrigação. Vamos, senhores soldados! Amarrem-me e joguem-me ali entre as chamas. Não é justo que o pobre Arlequim, meu grande amigo, morra por mim!

Essas palavras, pronunciadas em voz alta e em tom heroico, fizeram todos os bonecos que presenciavam a cena chorar. Até mesmo os soldadinhos, que, embora fossem de madeira, choravam como dois bezerros desmamados.

A princípio, Come-Fogo permaneceu rígido e imóvel como uma pedra de gelo, mas depois, pouco a pouco, começou a se comover e a espirrar. E, quatro ou cinco espirros depois, abriu carinhosamente os braços e disse para Pinóquio:

– Você é um grande garoto! Venha aqui me dar um beijo.

Pinóquio correu imediatamente e, escalando a barba do titereiro como um esquilo, foi lhe dar um belíssimo beijo na ponta do nariz.

– Então, me foi concedida essa graça? – perguntou o pobre Arlequim com um fiapo de voz que mal se conseguia ouvir.

– A graça foi concedida! – respondeu Come-Fogo, que, depois, acrescentou, suspirando e balançando a cabeça: – Paciência! Esta noite vou me conformar em comer o carneiro mal passado; mas, da próxima vez, ai de quem for pego!

Com a notícia da graça obtida, todos os bonecos correram para o palco e, com as luzes e os lustres acesos, como em uma noite de gala, começaram a saltar e a dançar. A manhã já começava a raiar, e eles ainda dançavam.

12

O titereiro Come-Fogo presenteia Pinóquio com cinco moedas de ouro para que ele dê para seu pai, Gepeto. Pinóquio, em vez disso, deixa-se engambelar pela Raposa e pelo Gato e sai com eles.

No dia seguinte, Come-Fogo chamou Pinóquio de lado e perguntou-lhe:

– Como seu pai se chama?

– Gepeto.

– E o que ele faz da vida?

– É pobre.

– Ganha muito?

– Ganha o necessário para nunca ter um tostão no bolso. Imagine que, para comprar a cartilha da escola para mim, teve que vender o único casaco que vestia: um casaco que, entre remendos e reparos, era uma desgraça completa.

– Pobre-diabo! Faz-me quase sentir pena. Tome aqui cinco moedas de ouro. Leve-as imediatamente para ele e transmita-lhe meus cumprimentos.

Pinóquio, como é fácil de imaginar, agradeceu mil vezes o titereiro, abraçou, um por um, todos os bonecos da companhia, inclusive os soldadinhos, e, fora de si de tanta alegria, iniciou a viagem de volta para casa.

Ainda não havia percorrido nem meio quilômetro quando encontrou pelo caminho uma Raposa manca de um pé e um Gato cego dos dois olhos, que andavam por aí, ajudando-se mutuamente, como bons companheiros de desventuras. A Raposa, que era manca, caminhava apoiando-se no Gato; e o Gato, que era cego, deixava-se guiar pela Raposa.

– Bom dia, Pinóquio – disse a Raposa, cumprimentando-o educadamente.

– Como você sabe o meu nome? – perguntou o boneco.

– Eu conheço bem o seu pai.

– Onde você o viu?

– Eu o vi ontem na porta da sua casa.

– E o que ele estava fazendo?

– Estava de camiseta e tremia de frio.

CARLO COLLODI

– Pobre papai! Mas, se Deus quiser, a partir de hoje não tremerá mais!

– Por quê?

– Porque eu me tornei um homem abastado.

– Você, um homem abastado? – disse a Raposa, e começou a rir com uma risada rouca e zombeteira; o Gato também ria, mas, para não dar na cara, penteava os bigodes com as patas dianteiras.

– Não há motivos para rir – gritou Pinóquio, ressentido. – Lamento ter de deixá-los com água na boca, mas estas aqui, se é que as conhecem, são cinco belíssimas moedas de ouro. – E mostrou as moedas que havia ganhado de Come-Fogo.

Ao simpático som daquelas moedas, a Raposa, em um movimento involuntário, esticou a perna que parecia encolhida, e o Gato arregalou os dois olhos, que pareciam duas lanternas verdes, mas os fechou imediatamente, tanto que Pinóquio não percebeu nada.

– E, agora – perguntou-lhe a Raposa –, o que você quer fazer com essas moedas?

– Primeiramente – respondeu o boneco –, quero comprar um belo casaco novo para meu pai, todo de ouro e prata, com os botões de brilhantes. Depois, quero comprar uma cartilha para mim.

– Para você?

– Sim. Porque quero ir à escola e estudar com afinco.

– Olhe para mim! – falou a Raposa. – Por essa paixão estúpida pelos estudos eu perdi uma perna.

– Olhe para mim – falou o Gato. – Por essa paixão estúpida pelos estudos eu perdi a vista dos dois olhos.

Nesse meio-tempo, um Melro branco, que estava empoleirado na cerca viva da rua, cantou como de costume e disse:

– Pinóquio, não dê ouvidos aos conselhos dessas más companhias, senão irá se arrepender!

AS AVENTURAS DE PINÓQUIO

Pobre Melro, antes não tivesse dito nada! O Gato, dando um grande salto, lançou-se sobre ele e, sem nem lhe dar tempo de dizer *ai*, engoliu-o com uma só mordida, com as penas e tudo o mais.

Depois de comer e limpar a boca, fechou os olhos novamente e voltou a se fazer de cego como antes.

– Pobre Melro! – disse Pinóquio para o Gato. – Por que o tratou tão mal?

– Para dar uma lição nele. Assim, da próxima vez, aprenderá a não se meter nos assuntos dos outros.

Já haviam percorrido mais da metade do caminho quando a Raposa, parando repentinamente, disse para o boneco:

– Você gostaria de duplicar suas moedas de ouro?

– Como?

– Você gostaria de transformar essas cinco miseráveis moedinhas em cem, mil, duas mil delas?

– Quem me dera! Mas de que jeito?

– De um jeito muito fácil. Em vez de voltar para a sua casa, você deveria vir com a gente.

– E para onde querem me levar?

– Para a Vila dos Tolos.

Pinóquio pensou um pouco e, então, respondeu decididamente:

– Não. Eu não quero ir. Agora já estou perto de casa e quero ir para lá, onde meu pai espera por mim. Vai saber o quanto suspirou ontem, o pobre velho, quando viu que eu não retornava. Infelizmente, eu fui um filho ruim, e o Grilo-Falante tinha razão quando disse: "As crianças desobedientes não podem se dar bem neste mundo". E eu senti isso na pele, pois aconteceram tantas desgraças comigo, inclusive ontem à noite, na casa do Come-Fogo, eu corri muito perigo... *Brrr*! Me arrepio todo só de pensar!

– Portanto – disse a Raposa –, você quer mesmo ir para a casa? Então, vá mesmo, pior para você.

– Pior para você! – repetiu o Gato.

– Pense bem, Pinóquio, porque assim você está desprezando a sorte.

– A sorte! – repetiu o Gato.

– E as suas cinco moedinhas, de um dia para o outro, se tornariam duas mil.

– Duas mil! – repetiu o Gato.

– Mas como é possível transformá-las em tantas? – perguntou Pinóquio, com a boca aberta, maravilhado.

– Explico já – disse a Raposa. – Saiba que na Vila dos Tolos há um terreno abençoado, chamado por todos de Campo dos Milagres. Você faz um buraquinho nesse campo e coloca dentro dele, por exemplo, uma moedinha de ouro. Depois, recobre o buraco com um pouco de terra, o rega com dois baldes de água da fonte, joga um punhado de sal por cima e, à noite, vai se deitar e dormir tranquilamente.

"Enquanto isso, durante a noite, a moedinha germina e floresce e, na manhã seguinte, ao levantar-se, voltando ao campo, o que você encontra? Encontra uma bela árvore carregada de tantas moedas de ouro quanto uma bela espiga pode ter de bagos de milho no mês de junho."

– Sendo assim – disse Pinóquio, cada vez mais impressionado –, se eu enterrasse naquele campo as minhas cinco moedinhas, na manhã seguinte quantas moedas eu encontraria?

– É uma conta muito fácil – respondeu a Raposa. – Uma conta que você pode fazer nos dedos. Suponhamos que cada moeda lhe renda um galho de cinquenta moedas; multiplique cinquenta por cinco e, na manhã seguinte, terá no bolso duas mil e quinhentas moedas brilhantes e vibrantes.

– Ah, que coisa linda! – gritou Pinóquio, dançando de alegria. – Assim que eu recolher essas moedas, pegarei duas mil para mim e as outras quinhentas darei como presente para vocês dois.

– Um presente para nós? – gritou a Raposa, indignada e sentindo-se ofendida. – Deus o livre!

As aventuras de Pinóquio

– Deus o livre! – repetiu o Gato.

– Nós – continuou a Raposa – não trabalhamos por interesses infames. Nós trabalhamos unicamente para enriquecer os outros.

– Os outros! – repetiu o Gato.

– Que pessoas incríveis! – pensou Pinóquio.

E, esquecendo-se rapidamente de seu pai, do casaco novo, da cartilha e de todas as boas resoluções feitas, disse à Raposa e ao Gato:

– Vamos logo. Eu vou com vocês.

13

A pousada
"Camarão Vermelho"

CARLO COLLODI

Caminharam, caminharam, caminharam e, no fim da noite, chegaram mortos de cansaço à pousada Camarão Vermelho.

– Vamos parar um pouquinho aqui – disse a Raposa – para comer alguma coisa e também para descansar por umas horinhas. À meia-noite, partiremos novamente para estarmos amanhã bem cedo no Campo dos Milagres.

Ao entrarem na pousada, os três se sentaram à mesa, mas nenhum deles estava com apetite.

O pobre Gato, sentindo-se muito mal do estômago, não conseguiu comer mais do que trinta e cinco salmonetes ao molho de tomate e quatro porções de tripa à parmegiana. E como, para ele, as tripas não estavam temperadas o suficiente, pediu três vezes pela manteiga e pelo queijo ralado!

A Raposa também teria se deliciado em beliscar algo, mas, como o médico lhe havia recomendado uma dieta rigorosíssima, teve de se contentar com uma simples lebre ao molho *dolceforte*[3], com um levíssimo acompanhamento de galinhas gordas e galetos bem jovens. Depois da lebre, pediu como aperitivo uma tábua de perdizes, coelhos, rãs, lagartos e uvas; e então não quis mais nada. Sentia-se tão enjoada por causa da comida, dizia ela, que não conseguia colocar mais nada na boca.

De todos, quem menos comeu foi Pinóquio. Pediu uma noz e um pedaço de pão e ainda deixou um pouco no prato. O pobre garoto, com o pensamento sempre fixo no Campo dos Milagres, sentira uma indigestão antecipada de moedas de ouro.

Quando terminaram de jantar, a Raposa disse para o hospedeiro:

– Arranje-me dois quartos bons, um para o senhor Pinóquio e outro para mim e meu companheiro. Antes de partir, tiraremos uma soneca.

---

[3] "Dolceforte" é um molho típico da região Toscana, e seu significado literal é "doce e forte". Ele é feito pela mistura de açúcar, farinha, vinagre, chocolate amargo ralado, pinholes, frutas cítricas cristalizadas, passas e um pouco de água. No século XVI, era muito comum o uso do chocolate nas receitas para realçar o sabor das carnes de caça. (N.T.)

As aventuras de Pinóquio

Mas não se esqueça de que, à meia-noite, nós queremos ser acordados para então seguirmos a viagem.

– Sim, senhores – respondeu o hospedeiro, piscando para a Raposa e para o Gato como quem diz "Entendi tudo e estamos combinados!".

Assim que Pinóquio entrou no quarto, adormeceu imediatamente e começou a sonhar. E no sonho ele parecia estar no meio de um campo, e esse campo estava cheio de árvores carregadas de cachos, e esses cachos estavam carregados de moedas de ouro que, balançando ao vento, faziam *plim, plim, plim*, quase como se dissessem "quem quiser, que venha nos pegar". Mas, justo no momento em que Pinóquio esticava a mão para pegar todas aquelas belas moedas e colocá-las no bolso, foi acordado, de repente, pelo barulho de três golpes violentos dados na porta do quarto.

Era o hospedeiro, que vinha avisá-lo de que já era meia-noite.

– E os meus companheiros estão prontos? – perguntou o boneco.

– Mais do que prontos! Eles partiram duas horas atrás.

– Por que tanta pressa?

– Porque o Gato recebeu a notícia de que seu gatinho mais velho, sofrendo de frieira nos pés, estava correndo o risco de morrer.

– E eles pagaram o jantar?

– O que você acha? Aqueles dois são educados demais para fazer uma afronta dessas a vossa senhoria.

– Que pena! Eu teria gostado muito dessa afronta! – disse Pinóquio, coçando a cabeça.

E, então, perguntou:

– E onde meus bons amigos disseram que me esperariam?

– No Campo dos Milagres, amanhã de manhã, ao nascer do dia.

Pinóquio pagou com uma moeda de ouro o seu jantar e o de seus companheiros e partiu em seguida.

Mas pode-se dizer que ele saiu tateando, porque do lado de fora da pousada estava tão, mas tão escuro que não se enxergava um palmo à frente.

As aventuras de Pinóquio

Na campina ao seu redor não se ouvia uma folha caindo. Apenas de vez em quando, alguns pássaros noturnos, que atravessavam a estrada de uma cerca viva para outra, vinham bater as asas no nariz de Pinóquio, que, dando um salto para trás de medo, gritava:

– Quem está aí?

E o eco das colinas ao seu redor repetiam a distância:

– Quem está aí? Quem está aí? Quem está aí?

Enquanto isso, durante sua caminhada, avistou no tronco de uma árvore um pequeno animalzinho que brilhava uma luz pálida e opaca, como uma lamparina dentro de uma lâmpada de porcelana transparente.

– Quem é você? – perguntou Pinóquio.

– Sou a sombra do Grilo-Falante – respondeu o animalzinho, com uma voz fraca, fraca, que parecia vir do além.

– O que você quer de mim? – falou o boneco.

– Quero lhe dar um conselho. Volte atrás e leve as quatro moedas que restaram para seu pobre pai, que está chorando, desesperado, por você ter desaparecido.

– Amanhã, o meu pai será um senhor abastado, porque estas quatro moedas se transformarão em duas mil.

– Não acredite, meu filho, naqueles que lhe prometem torná-lo rico do dia para a noite. Geralmente, ou são loucos ou são vigaristas! Ouça o que eu lhe digo, volte atrás.

– Mas eu quero é seguir em frente.

– Já está tarde...

– Eu quero seguir em frente.

– A noite está escura...

– Eu quero seguir em frente.

– A estrada é perigosa...

– Eu quero seguir em frente.

– Lembre-se de que os garotos que fazem birra e agem ao seu próprio modo cedo ou tarde se arrependem.

– Sempre a mesma velha história. Boa noite, Grilo.

– Boa noite, Pinóquio, e que o firmamento o proteja do sereno da madrugada e dos assassinos.

Mal terminou de dizer essas palavras, o Grilo-Falante se apagou, como se apaga uma lamparina com um sopro, e a estrada ficou ainda mais escura do que antes.

14

Pinóquio, por não ter dado ouvidos aos bons conselhos do Grilo-Falante, depara-se com os assassinos.

CARLO COLLODI

ealmente – disse para si mesmo o boneco, voltando a seguir viagem –, como nós, pobres garotos, somos infelizes! Todo mundo nos repreende, todo mundo nos adverte, todo mundo nos aconselha. Se deixarmos, todos se colocam nesta posição de que são nossos pais e nossos mestres. Todos. Até o Grilo-Falante. É por isso que eu não quis dar ouvidos àquele tedioso Grilo: vai saber quantas desgraças deveriam acontecer comigo, segundo ele! Eu deveria encontrar até assassinos! Ainda bem que eu não acredito e nunca acreditei em assassinos. Para mim, os assassinos foram inventados de propósito pelos pais para botar medo nas crianças que querem sair à noite. Além disso, mesmo se os encontrasse aqui na estrada, eles me intimidariam? Nem sonhando. Eu iria gritar na cara deles: "Senhores assassinos, o que querem de mim? Lembrem-se de que comigo não se brinca! Cuidem de suas vidas e calem a boca!". Com esse discurso levado a sério, já posso até ver os pobres assassinos fugindo como o vento. E, caso sejam tão ignorantes a ponto de não quererem fugir, então quem fugiria seria eu, e fim de papo".

Mas Pinóquio não conseguiu terminar seu raciocínio, pois, naquele momento, teve a impressão de ter ouvido atrás de si um leve farfalhar de folhas.

Virou-se para olhar e avistou no escuro dois vultos pretos, embrulhados em dois sacos de carvão, que corriam atrás dele saltando nas pontas dos pés, como se fossem dois fantasmas.

– Aí estão eles! – disse para si mesmo e, não sabendo onde esconder as quatro moedas, colocou-as dentro da boca, mais precisamente debaixo da língua.

Então, tentou fugir. Mas não chegou a dar nem o primeiro passo quando sentiu ser agarrado por braços e ouviu duas vozes horríveis e cavernosas, que lhe disseram:

– A bolsa ou a vida!

Sem poder responder com palavras, por causa das moedas que estavam em sua boca, Pinóquio fez mil salamaleques e pantominas, para dar a

entender àqueles dois encobertos, dos quais se viam apenas os olhos através dos buracos dos sacos, que ele era um pobre boneco e que não tinha um tostão furado no bolso.

– Ande, ande! Sem papinho e passe a grana! – gritaram os dois ladrões ameaçadoramente.

E o boneco fez um sinal com a cabeça e com as mãos como quem diz: "Eu não tenho nada".

– Passe a grana ou será morto – disse o assassino mais alto.

– Morto! – repetiu o outro.

– E, depois de matarmos você, mataremos o seu pai também!

– O seu pai também!

– Não, não, não, o meu pobre pai, não! – gritou Pinóquio com uma entonação desesperada, mas, ao gritar assim, as moedas tilintaram em sua boca.

– Ah, vigarista! Quer dizer que você escondeu o dinheiro embaixo da língua? Cuspa tudo agora mesmo!

E Pinóquio permaneceu imóvel.

– Ah, está se fazendo de surdo? Espere um pouco que faremos você cuspir imediatamente!

Assim, um deles agarrou o boneco pela ponta do nariz, e o outro o pegou pelo queixo, e então começaram a puxá-lo para lá e para cá de modo a obrigá-lo a abrir a boca, mas foi em vão. A boca do boneco parecia pregada e costurada.

Então, o assassino mais baixo sacou um facão e tentou fincá-lo como uma alavanca e um abridor entre os lábios do boneco. Mas Pinóquio, rápido como um raio, travou a mão dele com os dentes e, depois de dar-lhe uma mordida precisa, cuspiu-a. Imaginem o espanto dele quando, em vez de uma mão, deu-se conta de que havia cuspido no chão uma pata de gato.

Encorajado por essa primeira vitória, livrou-se à força das garras dos assassinos e, saltando a cerca viva da estrada, começou a fugir pelo campo.

As aventuras de Pinóquio

Os assassinos corriam atrás dele como dois cães atrás de uma lebre, e aquele que havia perdido uma patinha corria com uma perna só, sabe-se lá como.

Depois de correr uns quinze quilômetros, Pinóquio não aguentava mais. Então, ao se ver perdido, escalou o tronco de um pinheiro altíssimo e sentou-se no topo dos ramos. Os assassinos também tentaram escalar, mas, quando chegaram à metade do tronco, escorregaram e, ao caírem no chão, esfolaram as mãos e os pés.

Mas nem assim se deram por vencidos, pelo contrário: pegaram um feixe de lenha seca aos pés do pinheiro e lhe botaram fogo. Rapidamente, o pinheiro começou a queimar e a se incendiar como uma vela agitada pelo vento. Pinóquio, ao ver que as chamas subiam cada vez mais e não querendo ter o mesmo destino de um pombo assado, deu um belo salto do topo da árvore e saiu correndo outra vez pelos campos e vinhedos. Porém, incansavelmente, os assassinos foram atrás dele.

O dia já começava a raiar, e a perseguição ainda continuava quando eis que Pinóquio viu seu caminho repentinamente obstruído por um grande e profundíssimo fosso, cheio de uma água suja, cor de café com leite. O que fazer? "Um, dois, três!", gritou o boneco e, dando um tiro de corrida, saltou para o outro lado. Os assassinos também saltaram, mas, não tendo calculado bem a distância... *cataploft*! Caíram bem no meio do fosso. Pinóquio, que ouviu o baque do mergulho e sentiu os respingos de água, gritou, rindo e sempre correndo:

– Bom banho, senhores assassinos!

E já presumia que eles estivessem lindamente afogados quando, ao contrário, ao virar-se para conferir, percebeu que os dois corriam atrás dele, ainda embrulhados nos sacos e pingando água como dois cestos furados.

15

Os assassinos perseguem Pinóquio e, depois que o alcançam, penduram-no em um galho do Carvalho Gigante.

AS AVENTURAS DE PINÓQUIO

Então, o boneco, já quase sem ânimo e prestes a se jogar no chão e se dar por vencido, ao girar os olhos ao seu redor, avistou ao longe, em meio ao verde-escuro das árvores, uma casinha branca, cândida como a neve.

– Se eu tiver fôlego o bastante para chegar até aquela casa, talvez eu consiga me salvar! – disse para si mesmo.

E, sem hesitar um minuto, voltou a correr pelo bosque em uma carreira desembestada. E os assassinos sempre atrás.

Completamente exausto, depois de uma corrida desesperada de quase duas horas, finalmente chegou à porta daquela casinha e bateu.

Ninguém atendeu.

Bateu de novo com mais violência, pois ouviu o barulho dos passos e o respiro alto e ofegante de seus perseguidores se aproximando. O mesmo silêncio.

Ao perceber que era inútil continuar batendo, começou a chutar e a esmurrar a porta desesperadamente. Então, saiu na janela uma linda Menina, de cabelos azuis e o rosto tão branco como o de uma imagem de cera, de olhos fechados e as mãos cruzadas sobre o peito, a qual, sem mexer os lábios, disse com uma vozinha que parecia vir do além:

– Não tem ninguém nesta casa. Estão todos mortos.

– Então, abra você, pelo menos! – gritou Pinóquio, chorando e implorando.

– Eu também estou morta.

– Morta? Mas então o que você está fazendo na janela?

– Esperando pelo caixão que me levará embora.

Assim que isso foi dito, a Menina desapareceu, e a janela se fechou sem fazer barulho.

– Oh, linda Menina dos cabelos azuis – gritava Pinóquio –, abra a porta, por caridade! Tenha compaixão de um pobre menino perseguido por assass...

As aventuras de Pinóquio

Mas não conseguiu terminar a palavra, pois sentiu ser agarrado pelo pescoço e ouviu as duas vozinhas habituais que lhe murmuraram ameaçadoramente:

– Agora você não nos escapa mais!

Ao ver a morte passar diante de seus olhos, o boneco foi tomado por um tremor tão forte que, ao tremer, ressoavam as juntas de suas pernas de madeira e as quatro moedinhas que mantinha escondidas debaixo da língua.

– E então? – perguntaram-lhe os assassinos. – Vai abrir a boca, sim ou não? Ah! Não vai responder? Deixe estar que, desta vez, nós faremos você abrir!

E, sacando dois facões muito compridos e afiados como navalhas, *zaf zaf*, deram-lhe dois golpes nos rins.

Mas, por sorte, o boneco era feito de uma madeira bem dura, motivo pelo qual as lâminas partiram-se em mil estilhaços, e os assassinos ficaram com o cabo dos facões nas mãos se entreolhando.

– Já entendi – disse um deles. – Será preciso enforcá-lo! Vamos enforcá-lo!

– Vamos enforcá-lo! – repetiu o outro.

Dito e feito, amarraram-lhe as mãos nas costas e, passando um nó corrediço ao redor do pescoço, penduraram-no no galho de uma grande árvore chamada de Carvalho Gigante.

Depois, acomodaram-se ali, sentados na relva, esperando que o boneco esperneasse pela última vez: mas, depois de três horas, o boneco ainda tinha os olhos bem abertos, a boca fechada e esperneava mais do que nunca.

Cansados de esperar, viraram-se para Pinóquio e lhe disseram, rindo:

– Até amanhã. E, quando voltarmos aqui amanhã, esperamos que nos faça a gentileza de ser encontrado bem morto e com a boca bem aberta.

E foram embora.

Enquanto isso, bateu um vento impetuoso do norte, que, soprando e berrando com raiva, sacudia o pobre enforcado para lá e para cá, fazendo-o balançar violentamente como um sino da igreja tocando em dia de festa. Aquela oscilação lhe causava espasmos gravíssimos, e o nó corrediço, apertando cada vez mais seu pescoço, cortava-lhe a respiração.

Pouco a pouco, seus olhos se apagaram. E, ainda que sentisse a morte se aproximar, também esperava que, repentinamente, uma alma piedosa apareceria para ajudá-lo. Mas quando, depois de muito esperar, viu que não aparecia ninguém, absolutamente ninguém, então veio-lhe à mente a lembrança de seu pobre pai... e balbuciou quase moribundo:

– Ah, papai, se você estivesse aqui...

E não teve fôlego para dizer mais nada. Fechou os olhos, abriu a boca, esticou as pernas e, dando uma grande sacudida, permaneceu ali, inerte.

16

A linda Menina dos cabelos azuis resgata o boneco, coloca-o na cama e chama três médicos para saber se ele está vivo ou morto.

CARLO COLLODI

Nesse ínterim em que o pobre Pinóquio, enforcado pelos assassinos em um galho do Carvalho Gigante, parecia então mais morto do que vivo, a linda Menina dos cabelos azuis aproximou-se novamente da janela e, sentindo pena daquele infeliz que, suspenso pelo pescoço, bailava pelos ares por causa do vento vindo do norte, bateu três palmas de leve.

A este sinal, ouviu-se um barulho bem alto de asas voando apressadas, e um grande falcão veio posar no parapeito da janela.

– O que deseja, minha Fada generosa? – disse o Falcão, abaixando o bico em um ato de reverência (pois é preciso saber que, no fim das contas, a linda Menina dos cabelos azuis nada mais era do que uma bondosa Fada que morava nos arredores daquele bosque há mais de mil anos).

– Você está vendo aquele boneco amarrado pendurado em um galho do Carvalho Gigante?

– Sim.

– Pois bem: voe imediatamente até lá, rompa o nó que o mantém suspenso no ar com seu bico fortão e coloque-o delicadamente deitado sobre a relva, ao pé do Carvalho.

O Falcão voou e, depois de dois minutos, voltou, dizendo:

– Fiz o que você mandou.

– E como o encontrou? Vivo ou morto?

– Ao vê-lo, me parecia morto, mas não deve estar morto ainda, pois, assim que soltei o nó corrediço que apertava seu pescoço, deu um suspiro, balbuciando baixinho: "Estou me sentindo melhor agora!".

Então, a Fada bateu palmas duas vezes de leve, e apareceu um magnífico Poodle, que caminhava ereto sobre as patas traseiras, tal qual um homem.

O Poodle estava vestido de cocheiro, com um uniforme de gala. Na cabeça, usava um chapéu de três pontas com galões de ouro e uma peruca branca com cachos que desciam até seu pescoço, vestia um casaco cor de chocolate com botões brilhantes e dois bolsos grandes, onde guardava os

As aventuras de Pinóquio

ossos que sua dona lhe dava no almoço, um par de calças curtas de velu-do carmesim, meias de seda, sapatos de bico fino e, atrás, uma espécie de capa de guarda-chuva, toda de cetim azul-turquesa para esconder o rabo quando começava a chover.

– Vamos, Medoro! – disse a Fada para o Poodle. – Prepare imediatamen-te a carruagem mais bonita da minha cavalariça e vá em direção ao bosque. Quando chegar embaixo do Carvalho Gigante, encontrará deitado sobre a relva um pobre boneco quase morto. Resgate-o com cuidado, acomode-o devagar nas almofadas da carruagem e traga-o até mim. Entendido?

Para confirmar que havia entendido, o Poodle balançou três ou quatro vezes a capa de cetim azul-turquesa que levava atrás dele e partiu como um cavalo de corrida.

Pouco depois, viu-se sair da cavalariça uma bela carruagem cor de ar, toda acolchoada com penas de canarinho e dentro revestida de chantili e de creme com biscoito champagne. A carruagem era conduzida por cem pares de ratinhos brancos, e o Poodle, sentado na boleia, estalava o chi-cote para a esquerda e para a direita, como um motorista que tem medo de se atrasar.

Não haviam se passado nem quinze minutos quando a carruagem vol-tou, e a Fada, que esperava na porta de casa, pegou o pobre boneco no colo, levou-o para um quartinho que tinha paredes de madrepérolas e mandou chamar, imediatamente, os três médicos mais famosos da vizinhança.

Os médicos chegaram rapidamente, um após o outro; ou seja, chegaram um Corvo, uma Coruja e um Grilo-Falante.

– Eu gostaria de saber dos senhores – disse a Fada, voltando-se para os três médicos reunidos ao redor do leito de Pinóquio – se este boneco infeliz está vivo ou morto!

Com esse pedido, o Corvo, tomando a iniciativa, tirou o pulso de Pinóquio, depois checou seu nariz, então o dedo mindinho dos pés e, quando terminou de examinar tudo, pronunciou solenemente estas palavras:

As aventuras de Pinóquio

– Ao meu ver, o boneco está morto de vez, mas, se por alguma desgraça não estiver totalmente morto, então será um bom indício de que ainda está vivo!

– Sinto muito – disse a Coruja – em ter que contradizer o Corvo, meu ilustre amigo e colega, mas, para mim, o boneco ainda está vivo. Mas, se por alguma desgraça não estiver vivo, então será um sinal de que está realmente morto.

– E o senhor não dirá nada? – perguntou a Fada para o Grilo-Falante.

– Digo que o médico prudente, quando não sabe o que dizer, o melhor que tem a fazer é ficar calado. Além disso, esse boneco aqui não me é estranho. Eu o conheço há algum tempo!

Pinóquio, que até então estava imóvel, como um verdadeiro pedaço de madeira, teve uma espécie de convulsão, que fez estremecer a cama toda.

– Esse boneco aí – continuou dizendo o Grilo-Falante – é um malandro de carteirinha...

Pinóquio abriu os olhos e imediatamente os fechou de novo.

– É um traquinas, um preguiçoso, um vagabundo...

Pinóquio escondeu o rosto debaixo dos lençóis.

– Esse boneco aí é um filho desobediente, que vai matar o pobre pai de desgosto!

Nesse momento, ouviu-se no quarto um som abafado de choro e soluços. Imaginem como todos ficaram quando levantaram um pouco os lençóis e se deram conta de que quem chorava e soluçava era Pinóquio.

– Quando o morto chora, é um sinal de que está se recuperando – disse solenemente o Corvo.

– É duro ter de contradizer o meu ilustre amigo e colega – acrescentou a Coruja –, mas, para mim, quando o morto chora, é sinal de que não gostaria de morrer.

17

Pinóquio come o açúcar, mas não quer tomar o remédio. Mas, quando vê os coveiros chegando para levá-lo, então toma. Depois, conta uma mentira, e, como castigo, seu nariz cresce.

As aventuras de Pinóquio

A ssim que os três médicos saíram do quarto, a Fada aproximou-se de Pinóquio e, ao tocar a testa dele, reparou que estava atormentado por um febrão indescritível.

Então, dissolveu um pozinho branco em meio copo de água e, oferecendo-o para o boneco, disse-lhe amorosamente:

– Beba isso e, em poucos dias, estará curado.

Pinóquio olhou para o copo, torceu o nariz e, então, perguntou com voz chorosa:

– É doce ou amargo?

– É amargo, mas vai lhe fazer bem.

– Se é amargo, eu não quero.

– Ouça o que lhe digo: beba.

– Eu não gosto de nada amargo.

– Beba. E, depois que você tiver bebido, eu lhe darei um torrão de açúcar para adoçar o paladar.

– Onde está o torrão de açúcar?

– Aqui está – disse a Fada, tirando um torrão do açucareiro dourado.

– Primeiro quero o torrão de açúcar e depois beberei essa água amarga...

– Promete para mim?

– Sim...

A Fada deu o torrão para ele, e Pinóquio, depois de tê-lo mastigado e engolido em um segundo, disse lambendo os beiços:

– Seria ótimo se o açúcar também fosse um remédio! Eu o tomaria todos os dias.

– Agora, cumpra a promessa e beba esse pouquinho de água que trará sua saúde de volta.

Pinóquio pegou o copo de má vontade e enfiou a ponta do nariz dentro dele; depois, encostou-o na boca e voltou a enfiar a ponta do nariz até finalmente dizer:

– É muito amargo! Muito amargo! Eu não consigo beber.

– Como pode dizer isso se nem o experimentou?

– Eu imagino! Senti o cheiro. Quero outro torrão de açúcar antes... e depois beberei!

Então a Fada, com toda a paciência de uma boa mãe, colocou na boca dele outro torrão e, em seguida, ofereceu-lhe o copo de novo.

– Assim eu não consigo beber! – disse o boneco, fazendo mil caretas.

– Por quê?

– Porque aquele travesseiro embaixo dos meus pés está me incomodando.

A Fada retirou o travesseiro.

– É inútil! Nem assim eu consigo beber.

– O que mais o incomoda?

– A porta do quarto me incomoda, pois está entreaberta.

A Fada foi e fechou a porta do quarto.

– Resumindo – gritou Pinóquio, caindo no choro –, eu não quero beber esta água amarga, não, não e não!

– Menino, eu lhe imploro...

– Eu não me importo...

– A sua doença é grave...

– Eu não me importo...

– Em poucas horas, a febre irá levá-lo deste mundo...

– Eu não me importo...

– Não tem medo da morte?

– Medo nenhum! Prefiro morrer a beber este remédio horrível.

Nesse momento, a porta se escancarou, e entraram no quarto quatro coelhos pretos como tinta de caneta carregando nos ombros um pequeno caixão.

– O que vocês querem de mim? – gritou Pinóquio, levantando-se e sentando-se na cama, completamente aterrorizado.

– Viemos buscá-lo – respondeu o coelho mais gordo.

As aventuras de Pinóquio

– Me buscar? Mas eu ainda não morri!

– Ainda não. Mas lhe restam poucos minutos de vida, já que se recusou a beber o remédio que abaixaria sua febre.

– Ó, Fada minha, ó, Fada minha – começou então a gritar o boneco –, me passe logo aquele copo... Depressa, por caridade, porque não quero morrer, não... não quero morrer.

E, segurando o copo com as duas mãos, esvaziou-o em um gole só.

– Paciência! – disseram os coelhos. – Perdemos a viagem desta vez. – E, colocando de novo o pequeno caixão sobre os ombros, saíram do quarto resmungando e murmurando por entre os dentes.

Fato é que, minutos depois, Pinóquio pulou da cama, forte e curado, pois é preciso ressaltar que os bonecos de madeira têm o privilégio de raramente adoecer e prontamente se curar.

E a Fada, ao vê-lo correr e pular pelo quarto, enérgico e alegre como um pintinho, disse-lhe:

– Então o remédio lhe fez bem, certo?

– Mais do que bem! Me trouxe de volta à vida!

– Então por que nos fez implorar para que o bebesse?

– É que nós, crianças, somos todas assim! Temos mais medo de remédio do que de maldade.

– Que vergonha! As crianças deveriam saber que um bom medicamento tomado a tempo pode salvá-las de uma doença grave e até mesmo da morte.

– Oh, mas da próxima vez não os farei implorar tanto! Vou me lembrar daqueles coelhos pretos, com o caixão nos ombros... e pegarei logo o copo na mão e *glup*!

– Agora, venha até aqui e me conte o que houve para que você caísse nas garras de assassinos.

– O que houve foi que o titereiro Come-Fogo me deu cinco moedas de ouro e me disse: "Tome, leve-as para o seu pai!". E eu, em vez disso, encontrei pelo caminho uma Raposa e um Gato, duas pessoas muito boas, que me disseram: "Você quer que estas moedas se transformem em duas mil? Venha com a gente, e o levaremos até o Campo dos Milagres". E eu disse "Vamos", e eles disseram "Vamos parar aqui na pousada Camarão Vermelho e, depois da meia-noite, seguimos". Mas, quando eu acordei, eles já não estavam mais lá, pois haviam partido. Então, comecei a caminhar à noite, em meio a uma escuridão que parecia impossível, e assim encontrei pelo caminho dois assassinos, embrulhados em dois sacos de carvão, que me disseram: "Passe o dinheiro". E eu disse "Eu não tenho nada", porque eu havia escondido as moedas de ouro na boca, e um dos assassinos tentou enfiar a mão na minha boca, e eu, com uma mordida, arranquei-lhe a mão e a cuspi, mas, em vez de uma mão, eu cuspi uma pata de gato. E os assassinos correram atrás de mim, e eu corri como se não houvesse amanhã, até que me alcançaram e me penduraram pelo pescoço em uma árvore deste bosque, dizendo: "Amanhã, voltaremos aqui e você estará morto e com a boca aberta, e então recolheremos as moedas de ouro que esconde debaixo da língua".

– E onde estão as quatro moedas de ouro agora? – perguntou a Fada.

– Eu as perdi! – respondeu Pinóquio, mas mentiu, porque, em vez disso, ele as carregava no bolso.

Assim que contou a mentira, seu nariz, que já era comprido, imediatamente cresceu dois dedos a mais.

– E onde você as perdeu?

– No bosque aqui perto.

Com essa segunda mentira, o nariz continuou a crescer.

– Se as perdeu no bosque aqui perto – disse a Fada –, vamos procurá-las e encontrá-las, pois tudo aquilo que se perde neste bosque é sempre encontrado.

– Ah! Agora eu me lembro bem – replicou o boneco, meio atrapalhado –, eu não perdi as quatro moedas, mas eu as engoli sem perceber enquanto bebia o remédio que me deu.

Com essa terceira mentira, o nariz cresceu de um jeito tão extraordinário que o pobre Pinóquio não conseguia mais se virar para nenhum lado. Se virava para um lado, batia com o nariz na cama ou nos vidros da janela; se virava para o outro lado, batia nas paredes ou na porta do quarto; se levantava um pouco a cabeça, corria o risco de perfurar um olho da Fada.

E a Fada olhava para ele e ria.

– Por que está rindo? – perguntou-lhe o boneco, muito confuso e preocupado com o seu nariz que crescia a olhos vistos.

– Estou rindo da mentira que me contou.

– Como sabe que eu menti?

– As mentiras, meu garoto, logo são reconhecidas, pois existem dois tipos delas: as mentiras que têm pernas curtas e as mentiras que têm o nariz comprido. A sua é justamente a que tem o nariz comprido.

Pinóquio, não sabendo mais onde enfiar a cara de vergonha, tentou fugir do quarto, mas não conseguiu. O seu nariz tinha crescido tanto que não passava mais pela porta.

18

Pinóquio reencontra a Raposa e o Gato e vai com eles semear as quatro moedas no Campo dos Milagres.

Como vocês podem imaginar, a Fada deixou que o boneco chorasse e gritasse por uma meia hora, por causa do nariz que não passava mais pela porta do quarto. E ela fez isso para lhe dar uma severa lição e corrigir sua feia mania de contar mentiras, a mais feia mania que uma criança pode ter. Mas, quando o viu transfigurado e com os olhos saltados de tanto desespero, movida pela pena, bateu palmas e, a este sinal, entraram pela janela do quarto milhares de pássaros grandes, chamados Pica-paus, os quais pousaram todos no nariz de Pinóquio e começaram a bicá-lo tanto que, em poucos minutos, aquele nariz enorme e desproporcional foi reduzido novamente ao seu tamanho natural.

– Como você é boa, minha Fada – disse o boneco, enxugando os olhos –, e como eu gosto de você!

– Eu também gosto muito de você – respondeu a Fada. – E, se você quiser ficar aqui comigo, será meu irmãozinho, e eu serei sua irmãzinha...

– Eu adoraria ficar... mas e o meu pobre pai?

– Eu pensei em tudo. O seu pai já foi avisado e, antes de anoitecer, estará aqui.

– Jura? – gritou Pinóquio, pulando de alegria. – Então, Fadinha minha, se você me permite, gostaria de ir ao encontro dele! Não vejo a hora de poder dar um beijo naquele pobre velho, que sofreu tanto por mim!

– Vá, sim, mas cuidado para não se perder. Pegue a estrada do bosque, e tenho certeza de que o encontrará.

Pinóquio partiu e, assim que entrou no bosque, começou a correr como um cervo. Mas, quando chegou a um certo ponto, quase em frente ao Carvalho Gigante, ele parou, porque teve a impressão de ter ouvido alguém em meio às folhagens. De fato, viu surgir na estrada, adivinhem quem! A Raposa e o Gato, ou seja, os dois companheiros de viagem com quem havia jantado na pousada Camarão Vermelho.

– Mas vejam só nosso querido Pinóquio! – gritou a Raposa, abraçando--o e beijando-o. – Por que está aqui?

As aventuras de Pinóquio

– Por que está aqui? – repetiu o Gato.

– É uma longa história – disse o boneco –, e contarei tudo para vocês quando der. Mas saibam que, na noite anterior, quando me deixaram sozinho na pousada, eu encontrei assassinos pelo caminho...

– Assassinos? Oh, pobre amigo! E o que eles queriam?

– Queriam roubar minhas moedas de ouro.

– Canalhas! – disse a Raposa

– Muito canalhas – repetiu o Gato.

– Mas eu comecei a correr – continuou a contar o boneco –, e eles sempre atrás de mim, até que me alcançaram e me enforcaram em um galho daquele Carvalho...

E Pinóquio apontou para o Carvalho Gigante, que estava próximo deles.

– O que pode ser pior do que isso? – disse a Raposa. – Em que mundo estamos condenados a viver! Onde nós, cavalheiros, encontraremos um porto seguro?

Enquanto conversavam, Pinóquio reparou que o Gato estava coxo da perna dianteira direita, pois lhe faltava a pata inteira com as unhas e, por isso, perguntou para ele:

– O que houve com a sua pata?

O Gato queria responder alguma coisa, mas se enrolou. Então, a Raposa adiantou-se e disse:

– O meu amigo é muito modesto e, por isso, não responde. Eu vou responder por ele. Saiba que, uma hora atrás, encontramos pelo caminho um velho lobo, quase desmaiando de fome, que nos pediu uma esmola. Como não tínhamos sequer uma espinha de peixe para lhe oferecer, o que fez meu amigo, que tem realmente um coração enorme? Arrancou uma de suas patas dianteiras com os dentes e a jogou para aquele pobre animal, para que pudesse se alimentar.

E, ao dizer isso, a Raposa enxugou uma lágrima.

AS AVENTURAS DE PINÓQUIO

Pinóquio, igualmente emocionado, aproximou-se do Gato e sussurrou ao ouvido dele:

– Se todos os gatos fossem como você, os ratos seriam felizardos!

– O que está fazendo aqui então? – perguntou a Raposa ao boneco.

– Esperando pelo meu pai, que deve chegar a qualquer momento.

– E suas moedas de ouro?

– Estão sempre no meu bolso, menos uma, que gastei na pousada Camarão Vermelho.

– E pensar que, em vez de quatro moedas, poderiam ser mil, duas mil! Por que não considera meus conselhos? Por que não vai semeá-las no Campo dos Milagres?

– Hoje não vai dar. Irei um outro dia.

– Outro dia será tarde! – disse a Raposa.

– Por quê?

– Porque aquele campo foi comprado por um milionário e, a partir de amanhã, não será mais permitido semear dinheiro lá.

– Quão longe daqui está o Campo dos Milagres?

– Somente dois quilômetros. Você quer vir conosco? Em meia hora, estará lá. Daí, você semeia imediatamente as quatro moedas, recolhe as duas mil dentro de alguns minutos e, esta noite mesmo, já volta com os bolsos cheios. E aí, quer vir conosco?

Pinóquio hesitou um pouco para responder, pois vieram-lhe à mente a Fada bondosa, o velho Gepeto e as advertências do Grilo-Falante. Mas depois acabou fazendo o que fazem todas as crianças sem um pingo de juízo e sem coração: ou seja, acabou acenando levemente com a cabeça e dizendo à Raposa e ao Gato:

– Vamos, então. Eu vou com vocês.

E partiram.

Depois de terem caminhado por quase meio dia, chegaram a uma cidade chamada Pega-Trouxa. Assim que entraram na cidade, Pinóquio viu todas as ruas povoadas por cachorros despelados que bocejavam de fome, ovelhas tosquiadas que tremiam de frio, galinhas sem cristas e sem papos que pediam um grão de milho como esmola, borboletas enormes que não podiam mais voar, pois haviam vendido suas lindas asas coloridas, pavões sem caudas com vergonha de se exibirem e faisões que caminhavam lentamente, lamentando a perda de suas penas douradas e prateadas para sempre.

Em meio a essa multidão de pedintes e pobres envergonhados, passavam de vez em quando algumas carruagens nobres, e dentro delas estavam algumas raposas ou gralhas-do-campo ou alguma ave de rapina.

– E o Campo dos Milagres onde fica? – perguntou Pinóquio.

– É logo ali.

Dito e feito, atravessaram a cidade e, fora dos muros que a cercavam, pararam em um campo solitário que, no fundo, era parecido com todos os outros campos.

– Chegamos – disse a Raposa para o boneco. – Agora, sente-se no chão, escave com as mãos um buraquinho no campo e jogue dentro dele as moedas de ouro.

Pinóquio obedeceu. Cavou o buraco, colocou as moedas de ouro que lhe haviam restado e, depois, recobriu o buraco com um pouco de terra.

– Agora – disse a Raposa –, vá até o canal aqui perto, pegue um balde d'água e regue o solo que semeou.

Pinóquio foi até o canal e, como não havia um balde ali, tirou um dos sapatos de seu pé, encheu-o de água e regou a terra que cobria o buraco. Então, perguntou:

– Tenho que fazer mais alguma coisa?

– Mais nada – respondeu a Raposa. – Agora podemos ir embora. Retorne daqui a uns vinte minutos, e então encontrará a arvorezinha já brotando do solo e com os galhos cheios de moedas.

As aventuras de Pinóquio

O pobre boneco, já fora de si de tanta felicidade, agradeceu mil vezes à Raposa e ao Gato e prometeu-lhes um belíssimo presente.

– Nós não queremos presentes – responderam os dois trapaceiros. – Para nós, basta ter-lhe ensinado um modo de enriquecer sem muito esforço, e estamos muito contentes por isso.

Dito isso, despediram-se de Pinóquio e, desejando-lhe uma boa colheita, foram cuidar de suas vidas.

19

Pinóquio tem suas moedas de ouro roubadas e, como castigo, ainda fica quatro meses na prisão.

AS AVENTURAS DE PINÓQUIO

De volta à cidade, o boneco começou a contar os minutos um por um e, quando achou que já era a hora, pegou logo o caminho de volta para o Campo dos Milagres.

E, enquanto caminhava a passos rápidos, seu coração batia forte e *tique-taque, tique-taque*, como um relógio de parede quando funciona de verdade. E, nesse ínterim, pensava consigo:

"E se, em vez de mil moedas, eu encontrasse duas mil nos galhos da árvore? E se, em vez de duas mil, eu encontrasse cinco mil? E se, em vez de cinco mil, eu encontrasse cem mil? Ah, eu seria então um homem muito rico! Gostaria de ter um lindo palácio, mil cavalinhos de pau e mil estrebarias para poder brincar, uma estante de licores e alquermes[4], um armário cheio de frutas cristalizadas, bolos, panetones, torrones e canudinhos de chantili".

Assim fantasiando, chegou perto do campo e ali ficou a observar se, por acaso, conseguia avistar alguma árvore com os galhos carregados de moedas, mas não viu nada. Deu mais cem passos à frente e nada. Entrou no campo, foi direto para o buraquinho onde havia enterrado suas moedas e nada. Então, ficou pensativo e, esquecendo as regras de etiqueta e boas maneiras, tirou uma das mãos do bolso e coçou longamente a cabeça.

Nesse meio-tempo, sentiu ressoar em seus ouvidos uma gargalhada e, virando-se para cima, avistou no alto de uma árvore um grande Papagaio, que se despia das poucas penas que lhe restavam.

– Por que está rindo? – perguntou Pinóquio, contrariado.

– Porque fiz cócegas embaixo das minhas asas ao arrancar uma pena.

O boneco não respondeu. Foi até o canal, encheu de novo o sapatinho de água e, mais uma vez, começou a regar a terra que cobria as moedas de ouro.

---

[4] Licor de mesa feito da destilação de canela, cravo-da-índia e baunilha macerados no álcool. (N.T.)

Quando então uma nova risada, ainda mais impertinente do que a primeira, ecoou na solidão silenciosa daquele campo.

– Afinal – gritou Pinóquio, raivosamente –, posso saber do que você tanto ri, Papagaio mal-educado?

– Eu rio daqueles trouxas que acreditam em qualquer asneira e que se deixam enganar por quem é mais esperto do que eles.

– Está falando de mim, por acaso?

– Estou, pobre Pinóquio. Falo de você, que é tão ingênuo a ponto de acreditar que dinheiro dá em árvore, como se fosse o feijão ou a abóbora que plantamos. Eu também já acreditei nisso uma vez e hoje sofro as consequências. Hoje (apesar de muito tarde!), já me convenci de que, para juntar algum dinheiro honestamente, é preciso ganhá-lo ou trabalhando com as próprias mãos ou usando o próprio cérebro.

– Não estou entendendo – disse o boneco, que já começava a tremer de medo.

– Calma! Explicarei melhor – acrescentou o Papagaio. – Pois então saiba que, enquanto você estava na cidade, a Raposa e o Gato voltaram para este campo e pegaram as moedas de ouro enterradas e depois fugiram como o vento. E agora será difícil conseguir alcançá-los.

Pinóquio ficou boquiaberto e, não querendo acreditar nas palavras do Papagaio, começou a cavar com as mãos o terreno que havia regado. Escavou, escavou, escavou e fez um buraco tão profundo que caberia até um palheiro dentro, mas as moedas não estavam mais lá.

Foi tomado então por um desespero e voltou correndo para a cidade, onde se dirigiu até o tribunal para denunciar ao juiz os dois malandros que o haviam roubado.

O juiz era um símio enorme da espécie dos gorilas: um velho macaco respeitado por sua idade avançada, sua barba branca e, especialmente, pelos seus óculos de ouro sem lentes, que era obrigado a usar continuamente por causa de uma conjuntivite que o atormentava há anos.

CARLO COLLODI

Na presença do juiz, Pinóquio relatou nos mínimos detalhes a injusta fraude de que havia sido vítima. Disse o nome, o sobrenome e as característica dos larápios e finalizou pedindo por justiça.

O juiz o escutou com muita comiseração e se envolveu muito com a história: sensibilizou-se, comoveu-se e, quando o boneco não tinha mais nada a dizer, esticou a mão e tocou o sino.

Àquele toque, logo apareceram dois cães da raça mastim vestidos de guardas.

Então o juiz, apontando Pinóquio para os guardas, disse-lhes:

– Este pobre-diabo teve quatro moedas de ouro roubadas. Assim sendo, peguem-no e levem-no imediatamente para a prisão.

O boneco, ouvindo essa sentença inesperada, assustou-se e quis protestar, mas os guardas, para evitar perda de tempo, taparam-lhe a boca e o conduziram para a cela.

E lá permaneceu por quatro meses, quatro longuíssimos meses. E lá teria permanecido por mais tempo ainda se não fosse um golpe de sorte. Pois é preciso saber que o jovem Imperador que reinava na cidade de Pega--Trouxa, tendo conquistado uma bela vitória contra seus inimigos, exigiu a organização de grandes festas públicas, com luzes, fogos de artifício, corrida de cavalos e de velocípedes e, em um sinal de grande entusiasmo, quis que todos os cárceres fossem abertos e que todos os ladrões fossem soltos.

– Se os outros estão saindo da prisão, eu também quero sair – disse Pinóquio ao carcereiro.

– Você, não – respondeu o carcereiro –, pois é irrelevante...

– Peço desculpas – replicou Pinóquio –, mas eu também sou um ladrão.

– Neste caso, você tem razão – disse o carcereiro; então, tirando o chapéu respeitosamente e cumprimentando-o, abriu-lhe as portas da prisão e o deixou escapar.

20

Libertado da prisão, corre para voltar à casa da Fada, mas, no meio do caminho, encontra uma serpente horrível e, então, fica preso em uma armadilha.

CARLO COLLODI

Imaginem a alegria de Pinóquio quando se sentiu livre. Sem nem pensar duas vezes, saiu imediatamente da cidade e pegou a estrada que o levaria de volta à casa da Fada.

Por causa do tempo chuvoso, a estrada havia se transformado em um pântano onde se atolava até metade da perna. Mas o boneco não se deu por vencido. Atormentado pela emoção de rever o pai e a irmãzinha de cabelos azuis, corria saltitante como um galgo e, ao correr, fazia respingar lama até seu chapeuzinho. Enquanto isso, dizia para si mesmo: "Quantas desgraças aconteceram comigo… E eu as mereço, pois sou um boneco teimoso e atrevido… e quero sempre fazer as coisas do meu jeito, sem dar ouvidos àqueles que me querem bem e que têm mil vezes mais juízo do que eu! Mas, a partir de agora, prometo mudar de vida e me tornar um menino educado e obediente… pois percebi que as crianças desobedientes se dão sempre mal e não chegam a lugar algum. E meu pai terá esperado por mim? Vou encontrá-lo na casa da Fada? Faz tanto tempo que não o vejo, coitado, que não vejo a hora de fazer-lhe mil carinhos e enchê-lo de beijos. E a Fada vai me perdoar pela malcriação que fiz? E pensar que eu recebi tanta atenção, tanto cuidado dela… e pensar que devo a ela o fato de ainda estar vivo! Será que existe um menino mais ingrato e desalmado do que eu?

Enquanto dizia isso, parou de repente, aterrorizado, e deu quatro passos para trás.

O que tinha visto?

Tinha visto, deitada no meio da estrada, uma grande Serpente de pele verde, olhos de fogo e com a cauda à mostra, que fumegava como uma chaminé.

Impossível mensurar o medo do boneco, que, tendo se afastado mais de meio quilômetro, se sentou em um montinho de pedras, esperando que a Serpente fosse embora de vez e liberasse a passagem da estrada.

Esperou por uma hora, duas horas, três horas, mas a Serpente continuava lá e, mesmo de longe, dava para ver a vermelhidão de seus olhos e a nuvem de fumaça que saía da ponta de sua cauda.

Pinóquio, então, pensando ser corajoso, aproximou-se a poucos passos de distância e, com uma vozinha doce, insinuante e fina, disse para a Serpente:

– Com licença, senhora Serpente, poderia mover-se um pouquinho para o lado para que eu possa passar, por favor?

Foi a mesma coisa que falar com uma parede. Ninguém se mexeu.

Então, usou de novo a mesma vozinha:

– Saiba, senhora Serpente, que estou indo para casa, onde está meu pai, que me espera e que não vejo há muito tempo. A senhora permite, então, que eu siga meu caminho?

Esperou um sinal de resposta àquela pergunta: mas a resposta não veio. Na verdade, a Serpente, que até então parecia ágil e cheia de vida, tornou-se imóvel e quase enrijecida. Os olhos se fecharam, e a cauda parou de fumegar.

– Será que está morta mesmo? – disse Pinóquio, esfregando as mãos com muita satisfação. E, sem perder tempo, tentou saltar por cima dela para chegar até a outra parte da estrada. Mas não tinha nem terminado de erguer a perna quando, de repente, a Serpente saltou como uma mola solta. E o boneco, ao jogar-se para trás, assustado, tropeçou e caiu no chão.

E, de fato, o tombo foi tão feio que ele ficou com a cabeça enterrada na lama da estrada e com as pernas estiradas para cima.

Ao ver aquele boneco, que esperneava com a cabeça enterrada incessante e freneticamente, a Serpente teve uma crise convulsiva de riso e riu, riu, riu até que, por fim, tamanho foi o esforço feito para rir que uma veia rompeu em seu peito e, dessa vez, ela morreu de verdade.

Então, Pinóquio voltou a correr para chegar à casa da Fada antes que escurecesse. Mas, no meio do caminho, não conseguindo mais suportar

As aventuras de Pinóquio

os terríveis sinais da fome, saltou em um campo com a intenção de colher alguns cachos de uva moscatel. Antes nunca tivesse feito isso!

Assim que chegou embaixo da videira, *crac*! Sentiu as pernas serem apertadas por dois ferros afiados, que o fizeram ver estrelas.

O pobre boneco havia sido pego por uma armadilha, colocada ali por alguns camponeses para apanhar umas doninhas enormes que eram o terror de todos os galinheiros da vizinhança.

21

Pinóquio é apanhado por um camponês, que o obriga a trabalhar como cão de guarda em um galinheiro.

As aventuras de Pinóquio

Como podem imaginar, Pinóquio desatou a chorar, a gritar, a pedir ajuda, mas eram choros e gritos inúteis, pois não se viam casas ao redor, e pela estrada não passava uma alma viva.

Nesse ínterim, caiu a noite.

Um pouco pela dor causada pela armadilha, que lhe serrava as canelas, e um pouco pelo medo de estar sozinho e no escuro no meio daquele campo, o boneco já estava quase desmaiando quando, de repente, ao avistar um vaga-lume passar por cima de sua cabeça, o chamou e disse:

– Ó, Vaga-Lume, me liberte deste tormento, por caridade.

– Pobre garoto! – replicou o Vaga-Lume, que parou para observá-lo, compadecido. – O que aconteceu para que você prendesse as pernas entre esses ferros afiados?

– Entrei no campo para pegar dois cachos de uva moscatel e...

– Mas a uva era sua?

– Não...

– Então quem o ensinou a roubar o que é dos outros?

– Eu estava com fome...

– A fome, meu filho, não é uma boa razão para nos apropriarmos daquilo que não é nosso...

– É verdade, é verdade! – gritou Pinóquio, chorando. – Mas eu não farei isso de novo.

Nesse momento, o diálogo foi interrompido por um discreto barulho de passos que se aproximavam. Era o proprietário do campo, que vinha nas pontas dos pés para verificar se alguma das doninhas, que estavam comendo suas galinhas na calada da noite, tinha ficado presa na armadilha.

E seu espanto foi enorme quando, ao tirar a lanterna de baixo do casaco, percebeu que, em vez de uma doninha, quem estava preso era um menino.

– Ah, ladrãozinho! – disse o camponês, enraivecido. – Então, é você que está levando minhas galinhas embora?

– Não sou eu, não! – gritou Pinóquio, soluçando. – Eu entrei no campo para pegar apenas dois cachos de uva!

As aventuras de Pinóquio

– Quem rouba uvas é muitíssimo capaz de roubar galinhas também. Deixe comigo, que vou lhe dar uma lição da qual se lembrará por um bom tempo.

E, desfazendo a armadilha, ele agarrou o boneco pela nuca e o levou para casa como se carregasse um bezerro.

Ao chegar ao quintal em frente à casa, arremessou-o no chão e, botando um pé em seu pescoço, disse:

– Agora já está tarde, e quero ir dormir. Acertaremos nossas contas amanhã. Enquanto isso, como hoje morreu o cão que me fazia a guarda da noite, você ficará no lugar dele. Você será meu cão de guarda.

Dito isso, enfiou-lhe no pescoço uma coleira grossa, toda revestida de pontas de metal, e apertou-a de tal forma que não era possível tirá-la passando pela cabeça. À coleira estava presa uma longa corrente de ferro, e a corrente estava fixada no muro.

– Se começar a chover esta noite – disse o camponês –, você pode ir se abrigar naquele pequeno canil de madeira, onde ainda está a palha que serviu de cama por quatro anos para o meu pobre cãozinho. E se, por um azar, os ladrões aparecerem, lembre-se de estar sempre de orelhas em pé e de latir.

Depois desse último aviso, o camponês entrou na casa, fechando a porta com vários trincos, e o pobre Pinóquio permaneceu agachado no quintal, mais morto do que vivo, por causa do frio, da fome e do medo. E, de vez em quando, enfiava raivosamente as mãos dentro da coleira que lhe apertava o pescoço e choramingava:

– Bem feito... infelizmente, é bem feito para mim! Eu preferi ser preguiçoso, vagabundo... quis dar ouvidos às más companhias e, por isso, a sorte sempre me persegue. Se eu fosse um bom menino, como tantos outros por aí, se eu tivesse tido vontade de estudar e de trabalhar, se tivesse ficado em casa com meu pobre pai, a esta hora não estaria aqui, no meio das fazendas, servindo como cão de guarda na casa de um camponês. Ah, se eu pudesse nascer de novo! Mas agora é tarde, e é preciso ter paciência!

Após esse pequeno desabafo, que veio do fundo do coração, entrou no canil e adormeceu.

22

Pinóquio descobre quem são os ladrões e, como recompensa por ter sido fiel, é colocado em liberdade.

AS AVENTURAS DE PINÓQUIO

Ele já dormia tranquilamente há mais de duas horas quando, por volta da meia-noite, foi acordado por um sussurro e por um burburinho de vozes estranhas que pareciam vir do quintal. Colocou a ponta do nariz para fora do canil e viu, reunidos em conselho, quatro animais de pelagem escura, que pareciam gatos. Mas não eram gatos. Eram doninhas, animaizinhos carnívoros, devoradores de ovos e frangos jovens, principalmente. Uma dessas doninhas, afastando-se de suas companheiras, foi até o canil e disse em voz baixa:

– Boa noite, Melampo.

– Eu não me chamo Melampo – respondeu o boneco.

– Oh! Então quem é você?

– Eu sou o Pinóquio.

– E o que você faz aqui?

– Sirvo de cão de guarda.

– E onde está o Melampo? Onde está o velho cão que ficava aqui no canil?

– Morreu hoje de manhã.

– Morreu? Pobre animal! Era tão bom! Mas, a julgar pela fisionomia, você também me parece um cão elegante.

– Me desculpe, mas eu não sou um cão!

– O que é, então?

– Eu sou um boneco.

– E serve como cão de guarda?

– Infelizmente. É a minha punição.

– Pois bem, eu lhe proponho o mesmo trato que tinha com o finado Melampo, e ficará contente.

– E como seria esse trato?

– Nós viremos uma vez por semana, como antigamente, visitar o galinheiro durante a noite e levaremos oito frangos. Destes frangos, nós comeremos sete e lhe daremos um, com a condição de que você finja dormir e não tenha o impulso de latir para acordar o camponês.

As aventuras de Pinóquio

– E o Melampo fazia isso mesmo? – perguntou Pinóquio.

– Fazia, e nós sempre estivemos de acordo. Portanto, durma tranquilamente e tenha a certeza de que, antes de partirmos, lhe deixaremos em cima do canil um belo frango depenado para o café da manhã do dia seguinte. Estamos combinados?

– Até demais! – respondeu Pinóquio, balançando a cabeça de um jeito ameaçador, como se quisesse dizer: – Mais tarde a gente conversa!

Quando as quatro doninhas acreditaram estar seguras da situação, foram direto para o galinheiro, que ficava muito perto da casinha do cachorro; e, ao abrirem furiosamente, com unhas e dentes, a portinhola de madeira que fechava a entrada, escorregaram para dentro, uma depois da outra. Mas mal haviam entrado quando ouviram a portinhola fechar violentamente atrás delas.

Foi Pinóquio quem a fechou. E, não contente em tê-la fechado, ainda colocou na frente dela uma grande pedra como suporte, para garantir.

E então começou a latir e latia exatamente como um cão de guarda, fazendo: *au-au, au-au*!

Ao som dos latidos, o camponês pulou da cama, pegou sua espingarda e, aproximando-se da janela, perguntou:

– O que está acontecendo?

– Os ladrões estão aqui – respondeu Pinóquio.

– Aqui onde?

– No galinheiro.

– Estou descendo já.

E, de fato, o camponês desceu em um piscar de olhos, entrou correndo no galinheiro e, depois de apanhar as quatro doninhas e prendê-las em um saco, disse-lhes, exultante:

– Finalmente, vocês caíram nas minhas mãos! Eu poderia castigá-las, mas não sou tão malvado! Em vez disso, me contentarei em levá-las amanhã até o cozinheiro da cidade vizinha, que vai despelá-las e cozinhá-las como lebre ao molho *dolceforte*. É uma honra que vocês não merecem, mas homens generosos como eu não se importam com essas mesquinharias.

Então, aproximando-se de Pinóquio, começou a lhe fazer cafunés e, entre outras coisas, perguntou:

– Como você descobriu o complô dessas quatro ladras? E pensar que Melampo, meu fiel Melampo, nunca percebeu nada!

O boneco, então, poderia ter relatado tudo o que sabia; isto é, poderia relatar os tratos vergonhosos que o cão havia feito com as doninhas, mas, lembrando-se de que o cão estava morto, logo pensou consigo mesmo: "De que adianta acusar os mortos? Os mortos estão mortos, e a melhor coisa a se fazer é deixá-los em paz!"

– Quando as doninhas chegaram ao quintal, você estava acordado ou dormindo? – continuou a lhe perguntar o camponês.

– Estava dormindo – respondeu Pinóquio –, mas as doninhas me acordaram com suas tagarelices, e uma delas veio até o canil para me dizer: "Se você prometer não latir e não acordar seu dono, nós lhe presentearemos com um belo frango depenado!". Sacou? Tiveram o descaramento de me fazer tal proposta! Pois saiba que eu sou um boneco que tem todos os defeitos do mundo, mas jamais mentiria ou seria cúmplice de gente desonesta!

– É isso aí, garoto! – gritou o camponês, dando-lhe um tapinha nos ombros. – Esses sentimentos lhe conferem honradez e, para lhe provar a minha grande satisfação, vou liberá-lo para que possa voltar para a casa.

E lhe tirou a coleira de cachorro.

23

Pinóquio chora a morte da linda Menina dos cabelos azuis; depois, encontra um Pombo, que o leva até a beira da praia, e, ali, joga-se na água para ir ajudar seu pai, Gepeto.

Assim que Pinóquio não sentiu mais o peso desagradável e humilhante daquela coleira ao redor do pescoço, começou a correr pelos campos e não parou por nem um minuto sequer até alcançar a estrada principal, que o reconduziria à casinha da Fada.

Chegando à estrada principal, virou-se para observar a planície que estava logo abaixo e avistou nitidamente, a olhos nus, o bosque onde, infelizmente, havia encontrado a Raposa e o Gato. Em meio às árvores, avistou despontar o topo do Carvalho Gigante, onde havia sido pendurado pelo pescoço, mas, olhando de um lado para o outro, não conseguia ver a casinha da linda Menina dos cabelos azuis.

Então, teve uma espécie de triste pressentimento e, correndo com todas as forças que ainda tinha nas pernas, em poucos minutos chegou ao prado onde antes se encontrava a casinha branca. Mas a casinha branca não estava mais lá. Em seu lugar, havia uma pequena pedra de mármore, na qual se liam em letras maiúsculas as seguintes palavras dolorosas:

AQUI JAZ
A MENINA DOS CABELOS AZUIS
MORTA DE TRISTEZA
POR TER SIDO ABANDONADA
PELO SEU IRMÃOZINHO PINÓQUIO

As aventuras de Pinóquio

Como o boneco ficou, depois de soletrar com dificuldade aquelas palavras, eu deixo para vocês imaginarem. Desabou ao chão e, cobrindo aquela lápide de mármore de beijos, desfez-se em uma explosão de lágrimas. Chorou a noite toda e, ao amanhecer do dia seguinte, ainda chorava, embora não tivesse mais lágrimas; seus gritos e lamentos eram tão pungentes e agudos que todas as montanhas ao redor os repetiam em eco.

E, chorando, dizia:

– Ó, minha Fadinha, por que está morta? Por que, em vez de você, o morto não sou eu, que sou tão ruim, enquanto você era boa? E o meu pai onde estará? Ó, minha Fadinha, diga-me onde posso encontrá-lo, pois quero muito estar com ele e não o deixar nunca mais, nunca mais, nunca mais! Ó, minha Fadinha, diga-me que não é verdade que você está morta! Se você realmente gosta de mim, se gosta do seu irmãozinho, ressuscite, volte a viver como antes! Você não se importa em me ver sozinho, abandonado por todos? Se os assassinos aparecerem, vão me amarrar de novo no galho da árvore... e então eu vou morrer para sempre. O que você quer que eu faça sozinho aqui neste mundo? Agora que eu perdi você e o meu pai, quem me dará o que comer? Onde dormirei à noite? Quem me fará um casaquinho novo? Ah! Teria sido melhor, cem vezes melhor, que eu também tivesse morrido! Sim, eu quero morrer! *Aaah, aaah, aaah!*

E, enquanto se desesperava dessa maneira, fez o gesto de querer arrancar os próprios cabelos, mas, como seus cabelos eram de madeira, não podia nem mesmo ter o gostinho de enfiar os dedos entre eles.

Nesse meio-tempo, um Pombo enorme passou no céu e, pairando com as asas abertas, gritou-lhe de uma grande altura:

– O que está fazendo aí embaixo, rapazinho?

– Não está vendo? Estou chorando! – disse Pinóquio, levantando a cabeça em direção àquela voz e enxugando as lágrimas com a manga do casaco.

– Poderia me dizer – acrescentou o Pombo – se você conhece, por acaso, entre seus colegas, um boneco chamado Pinóquio?

As aventuras de Pinóquio

– Pinóquio? Você disse Pinóquio? – repetiu o boneco, ficando de pé em um pulo. – Pinóquio sou eu!

Com essa resposta, o Pombo desceu rapidamente e veio pousar no chão. Era maior do que um peru.

– Portanto, você também conhece Gepeto? – perguntou ao boneco.

– Claro que conheço! É o meu pobre pai! Por acaso ele falou de mim? Leve-me até ele! Mas ainda está vivo? Responda, por caridade, ele ainda está vivo?

– Eu o deixei, três dias atrás, à beira do mar.

– O que ele estava fazendo?

– Estava construindo um barquinho para si, para atravessar o oceano. Aquele pobre homem está há mais de quatro meses rodando pelo mundo à sua procura e, como nunca mais o encontrou por aqui, colocou na cabeça que iria procurá-lo nos distantes países no Novo Mundo.

– Quão distante a praia está daqui? – perguntou Pinóquio, bastante ansioso.

– Mais de mil quilômetros.

– Mil quilômetros? Ah, querido Pombo, que bom seria se eu tivesse as suas asas...

– Se quiser vir comigo, eu levo você.

– Como?

– Montado na garupa. Você é muito pesado?

– Pesado? Pelo contrário! Sou leve como uma folha.

Então, sem perder tempo, Pinóquio saltou na garupa do Pombo e, ao colocar uma perna para cá e a outra para lá, como fazem os cavaleiros, gritou todo feliz: "Galope, galope, cavalinho, que eu quero chegar logo!"

O Pombo alçou voo e, em poucos minutos, atingiu uma altura de voo tão alta que quase tocava nas nuvens. Ao alcançar aquela altura extraordinária, o boneco teve a curiosidade de olhar para baixo para contemplar e foi tomado por tamanho medo e por tonturas que, para evitar o perigo

CARLO COLLODI

de cair, agarrou-se com os braços bem firmes ao redor do pescoço de sua cavalgadura emplumada.

Voaram o dia todo. Ao anoitecer, o Pombo disse:

– Estou com muita sede!

– E eu estou com muita fome! – acrescentou Pinóquio.

– Vamos parar aqui neste pombal por uns minutos e, depois, retomamos a viagem para estar amanhã de manhã na praia.

Entraram em um pombal deserto, onde havia apenas uma bacia de água e um pratinho cheio de ervilhas.

O boneco, durante toda a sua vida, nunca suportara ervilhas, pois, segundo ele, elas lhe causavam enjoos e lhe reviravam o estômago. Mas, naquela noite, ele as comeu até dizer chega e, quando já estavam quase acabando, virou-se para o Pombo e disse:

– Nunca imaginei que ervilhas fossem tão gostosas!

– Precisamos entender, meu garoto – replicou o Pombo –, que, quando a fome chega de verdade e não tem outra coisa para comer, até as ervilhas se tornam deliciosas! A fome não escolhe caprichos nem guloseimas!

Depois do lanchinho rápido, retomaram a viagem e partiram! Na manhã seguinte, chegaram à praia.

O Pombo deixou Pinóquio em terra firme e, querendo evitar o constrangimento de receber um agradecimento por ter feito uma boa ação, logo alçou voo novamente e desapareceu.

A praia estava cheia de gente que gritava e gesticulava, olhando em direção ao mar.

– O que aconteceu? – perguntou Pinóquio a uma velhinha.

– Aconteceu que um pobre pai, tendo perdido seu filho, quis entrar em um barquinho para ir procurá-lo do outro lado do oceano. E o mar hoje está muito agitado, e o barquinho está quase afundando...

– Onde está o barquinho?

– Lá longe, na direção do meu dedo – disse a velha, apontando para um barquinho que, visto daquela distância, parecia uma casca de noz com um homenzinho minúsculo dentro.

Pinóquio mirou os olhos para aquele lado e, depois de ter observado atentamente, soltou um grito muito agudo:

– É o meu pai ali, é o meu pai!

Enquanto isso, o barquinho, chacoalhado pelas ondas enfurecidas, ora desaparecia entre as espumas espessas, ora voltava a flutuar, e Pinóquio, parado no pico de um grande rochedo, não parava de chamar seu pai pelo nome e de lhe fazer sinais com as mãos, com um lencinho e até com o chapeuzinho que tinha na cabeça.

E pareceu que Gepeto, embora estivesse muito longe da praia, reconheceu o filho, porque também levantou seu chapéu, cumprimentou-o e, por meio de gestos, deu a entender que voltaria com prazer, mas que o mar estava tão agitado que o impedia de remar e, consequentemente, de poder retornar à orla.

De repente, uma onda terrível arrebentou, e o barco desapareceu. Todos esperaram que o barco voltasse à tona, mas ele não voltou mais.

– Pobre homem... – disseram os pescadores que estavam reunidos na praia e, murmurando baixinho uma oração, começaram a voltar para suas casas.

Quando então ouviram um grito desesperado e, virando-se para trás, avistaram um garotinho que, do alto de uma rocha, se lançava ao mar, gritando:

– Eu quero salvar meu pai!

Pinóquio, sendo todo de madeira, flutuava facilmente e nadava como um peixe. Ora o viam desaparecer sob as águas, levado pelo ímpeto das ondas, ora o viam reaparecer na superfície, com uma perna ou um braço, sempre muitíssimo distante da orla. Por fim, perderam-no de vista e não o avistaram mais.

– Pobre garoto... – disseram os pescadores que estavam reunidos na praia e, murmurando baixinho uma oração, começaram a voltar para suas casas.

24

Pinóquio chega à ilha das "Abelhas Operárias" e reencontra a Fada.

Pinóquio, animado pela esperança de chegar a tempo de ajudar seu pobre pai, nadou a noite inteira.

Que noite horrível foi aquela! Choveu, caiu granizo e trovejou assustadoramente, e alguns relâmpagos faziam até parecer que era dia.

Ao raiar do dia, conseguiu avistar não tão longe uma longa faixa de terra. Era uma ilha no meio do mar.

Então, fez de tudo para chegar àquela praia. Mas foi inútil. As ondas, sobrepondo-se umas às outras e atropelando-se, sacudiam-no entre elas, como se ele fosse um graveto ou um fio de palha. Por fim e por sorte, veio uma onda tão impelente e impetuosa que o arremessou sem dificuldade para a areia da baía.

O golpe foi tão forte que, ao cair no chão, todas as suas costelas e juntas estalaram, mas consolou-se imediatamente dizendo:

– Consegui me safar outra vez!

Nesse ínterim, o céu foi se acalmando pouco a pouco, o sol apareceu em todo o seu esplendor, e o mar tornou-se tranquilíssimo.

Então, o boneco estendeu suas roupas ao sol para secá-las e começou a olhar de um lado para o outro para ver se, por acaso, conseguia vislumbrar, naquela imensa extensão de água, um barquinho com um homenzinho dentro. Mas, depois de ter observado com atenção, não avistou nada à sua frente, além do céu, do mar e de algumas velas de embarcações, mas tão, tão distantes que pareciam uma mosca.

– Se eu ao menos soubesse como se chama esta ilha! – dizia. – Se eu ao menos soubesse se esta ilha é habitada por gente educada, quero dizer, gente que não tenha a mania de amarrar crianças em galhos de árvores! Mas para quem eu posso perguntar isso? Para quem, se não tem ninguém aqui?

A ideia de estar completamente sozinho em meio àquele lugar desabitado trouxe-lhe tamanha melancolia que estava prestes a chorar; de repente, viu passar, a poucos metros da costa, um peixe grande, que nadava tranquilamente com a cabeça toda fora da água.

As aventuras de Pinóquio

Não sabendo como chamá-lo pelo nome, o boneco gritou bem alto para se fazer escutar:

– Ei, senhor peixe, me permitiria uma palavra?

– Até duas – respondeu o peixe, que na verdade era um Golfinho muito elegante, como não se vê muito pelos mares.

– Poderia me dizer se nesta ilha há locais onde se possa comer, sem o perigo de ser comido?

– Com certeza, tem – respondeu o Golfinho. – Na verdade, você encontrará um não muito longe daqui.

– E que estrada devo pegar para chegar lá?

– Você deve pegar aquela estradinha ali e seguir sempre em frente. Não tem erro.

– E me diga outra coisa. O senhor, que passeia o dia inteiro e a noite toda pelo mar, não teria, por acaso, encontrado um barquinho com meu pai dentro?

– E quem é seu pai?

– É o melhor pai do mundo, assim como eu sou o pior filho que se possa ter.

– Com a tempestade que deu esta noite – respondeu o Golfinho –, o barquinho deve ter afundado.

– E quanto ao meu pai?

– A esta altura deve ter sido engolido pelo terrível Tubarão que há alguns dias veio causar extermínio e desolação em nossas águas.

– E é muito grande esse Tubarão? – perguntou Pinóquio, que já começava a tremer de medo.

– Se é grande! – replicou o Golfinho. – Para você ter uma ideia, ele é maior do que um edifício de cinco andares e tem uma bocarra tão grande e profunda que até um trem em movimento entraria nela com facilidade.

– Meu Deus do céu! – gritou o boneco, aterrorizado; e, tomado pela pressa e pela fúria, virou-se para o Golfinho e lhe disse:

AS AVENTURAS DE PINÓQUIO

– Adeus, senhor peixe. Desculpe o incômodo e muito obrigado pela sua gentileza.

Dito isso, ele imediatamente pegou a estradinha e começou a caminhar a passos acelerados; tão acelerados que parecia quase correr. E, a cada mínimo barulho que ouvia, logo se virava para trás para olhar, com medo de estar sendo seguido por aquele terrível Tubarão, grande como uma casa de cinco andares e com uma locomotiva atravessada na boca.

Depois de caminhar por mais de meia hora, chegou a uma pequena vila chamada "Vila das Abelhas Operárias". As ruas formigavam de gente que andavam de um lado para o outro, ocupadas: todos trabalhavam, todos tinham alguma coisa para fazer. Não se via ninguém ocioso ou vagabundo, nem mesmo se os procurássemos com uma lanterna.

– Já entendi – foi logo dizendo o preguiçoso do Pinóquio. – Este lugar não foi feito para mim. Eu não nasci para trabalhar!

Nesse ínterim, a fome começou a atormentá-lo, porque já fazia vinte e quatro horas que não comia nada, nem mesmo um prato de ervilhas.

O que fazer, então?

Restavam-lhe apenas duas maneiras de conseguir comer: ou pedir um trabalho ou pedir um tostão ou um pedaço de pão como esmola.

Mas pedir esmola o envergonhava, pois seu pai lhe havia ensinado que somente os velhos e os enfermos têm o direito de pedi-la. Os verdadeiros pobres deste mundo, merecedores de assistência e compaixão, são somente aqueles que, em razão da idade ou de doença, estão condenados a não poder mais ganhar o pão com o trabalho das próprias mãos. Todos os outros têm a obrigação de trabalhar; e, se não trabalham e padecem de fome, pior para eles.

Nesse meio-tempo, passou pela rua um homem todo suado e ofegante, que, com muito esforço, puxava sozinho duas carretas de carvão.

Pinóquio, julgando tratar-se de um homem bom, pela sua fisionomia, aproximou-se dele e, desviando o olhar de vergonha, pediu-lhe baixinho:

139

– Poderia me arranjar um trocado, por caridade, pois estou morrendo de fome?

– Não apenas um trocado – respondeu o carvoeiro –, mas até quatro, contanto que você me ajude a levar estas duas carretas de carvão até minha casa.

– Mas veja só! – respondeu o boneco, ofendido. – Para seu governo, eu nunca fui burro de carga. Eu nunca puxei carroça!

– Melhor para você! – respondeu o carvoeiro. – Então, garoto, se você está mesmo morrendo de fome, coma duas belas fatias de sua soberba e cuidado para não ter uma indigestão.

Poucos minutos depois, passou pela rua um pedreiro, que carregava nos ombros um saco de cimento.

– Cavalheiro, poderia fazer a gentileza de dar um trocado a um pobre menino que está com a barriga roncando?

– Com muito prazer. Venha carregar cimento comigo – respondeu o pedreiro – e, em vez de um trocado, eu lhe darei cinco.

– Mas o cimento é pesado – replicou Pinóquio –, e eu não quero fazer esforço.

– Então, se não quer fazer esforço, garoto, divirta-se com o roncar do estômago e faça bom proveito.

Em menos de meia hora, passaram outras vinte pessoas por ali, e Pinóquio pediu esmola a todas elas, que lhe respondiam:

– Você não tem vergonha? Em vez de bancar o vagabundo pelas ruas, vá procurar um trabalho e aprenda a ganhar o seu pão de cada dia!

Finalmente, passou uma boa moça, que carregava dois jarros de água.

– Permita-me, moça bondosa, que eu beba um gole de água do seu jarro? – disse Pinóquio, cuja garganta queimava de sede.

– Beba, meu filho! – disse a moça, colocando os dois jarros no chão.

Depois de beber como uma esponja, Pinóquio murmurou baixinho, enxugando a boca:

– Minha sede você já matou! Talvez, agora, pudesse me matar a fome...

Carlo Collodi

Ao ouvir essas palavras, a boa moça logo acrescentou:

– Se você me ajudar a levar estes jarros para casa, eu lhe darei um belo pedaço de pão. E, com o pão, eu lhe darei um belo prato de couve-flor temperada com azeite e vinagre – acrescentou a boa moça.

Pinóquio deu outra olhada para o jarro e não respondeu nem que sim, nem que não.

– E, depois da couve-flor, eu lhe darei um belo doce com recheio de licor.

Pinóquio não conseguiu resistir à tentação dessa última iguaria e, decidido, disse:

– Paciência! Eu levarei o jarro até sua casa.

O jarro era muito pesado, e o boneco, não tendo forças para levá-lo com as mãos, resignou-se em carregá-lo na cabeça.

Ao chegarem em casa, a boa moça fez Pinóquio sentar-se em uma mesinha posta e colocou diante dele o pão, a couve-flor temperada e o doce.

Pinóquio não comeu, mas devorou. Seu estômago parecia um bairro deserto, desabitado por cinco meses.

Tendo apaziguado, pouco a pouco, os raivosos beliscões causados pela fome, levantou então a cabeça para agradecer sua benfeitora, mas ainda nem havia terminado de encará-la quando soltou um longuíssimo *oooooh*!, de surpresa, e ali permaneceu, maravilhado, com os olhos arregalados, o garfo suspenso no ar e a boca cheia de pão e couve-flor.

– Por que toda essa surpresa? – perguntou, rindo, a boa moça.

– É que… – respondeu Pinóquio, balbuciando – é que… é que… você se parece… você me lembra…sim, sim, tem a mesma voz… os mesmos olhos… os mesmos cabelos… sim, sim, sim, você também tem os cabelos azuis… como ela! Minha Fadinha! Ó, minha Fadinha! Diga-me que é você, é você mesmo! Não me faça mais chorar! Se você soubesse o tanto que eu chorei, o quanto padeci!

E, ao dizer isso, Pinóquio chorava copiosamente. E, caindo ajoelhado no chão, abraçava os joelhos daquela moça misteriosa.

25

Pinóquio promete à Fada que será bondoso e estudioso, pois está cansado de ser um boneco e quer se tornar um bom garoto.

CARLO COLLODI

A princípio, a boa moça começou dizendo que não era a fadinha dos cabelos azuis, mas, depois, vendo-se desmascarada e não querendo mais prolongar a brincadeira, acabou por admitir e disse a Pinóquio:

– Seu malandrinho! Como você descobriu que era eu?

– O meu amor por você, foi ele quem me disse.

– Você se lembra? Quando você me deixou, eu era uma menina, e agora já sou moça; tão moça que quase poderia ser sua mãe.

– Isso me deixa muito feliz, pois, assim, em vez de irmãzinha, vou chamar você de mamãe. Faz muito tempo que desejo ter uma mãe, assim como as outras crianças. Mas como fez para crescer assim tão depressa?

– É segredo.

– Pois me conte qual é. Eu também gostaria de crescer um pouco. Não vê como eu sou alto como um anão de jardim?

– Mas você não pode crescer – replicou a Fada.

– Por quê?

– Porque bonecos não crescem jamais. Nascem, crescem e morrem bonecos.

– Oh! Eu já estou cansado de ser um boneco! – gritou Pinóquio, dando-se uma bofetada. – Já está mais do que na hora de me tornar um homem também...

– E vai se tornar se souber merecê-lo...

– Jura? E o que posso fazer para merecê-lo?

– Uma coisa bem fácil: acostumar-se a ser um bom menino.

– E eu não sou um deles?

– Muito pelo contrário! Bons meninos são obedientes, e você, em vez disso...

– Eu nunca obedeço a ninguém.

– Bons meninos gostam muito de estudar e de trabalhar, e você...

– Eu, em vez disso, sou preguiçoso e vagabundo o ano inteiro.

As aventuras de Pinóquio

– Bons meninos dizem sempre a verdade…

– E eu, apenas mentiras.

– Bons meninos vão à escola de bom grado…

– E eu sinto arrepios só de pensar em ir. Mas, a partir de hoje, quero mudar de vida.

– Promete para mim?

– Prometo. Quero me tornar um bom menino e quero ser o conforto do meu pai… Onde estará meu pobre pai a essa hora?

– Eu não sei.

– Terei eu a sorte de poder vê-lo e abraçá-lo de novo?

– Creio que sim; aliás, tenho certeza disso.

Pinóquio ficou tão feliz com essa resposta que pegou as mãos da Fada e começou a beijá-las com tanto entusiasmo que parecia fora de si. Depois, levantando a cabeça e encarando-a amorosamente, perguntou-lhe:

– Mas me diga, mamãezinha, então não é verdade que você tenha morrido?

– Aparentemente, não – respondeu a Fada, sorrindo.

– Se você soubesse a dor e o nó na garganta que senti quando li "aqui jaz…".

– Eu sei. E foi por isso que o perdoei. A sinceridade de sua dor me fez entender que você tinha um coração bom. E das crianças de bom coração, mesmo que sejam um pouco travessas e mal-acostumadas, podemos sempre esperar alguma coisa; isto é, podemos sempre esperar que retornem para o bom caminho. Por isso, vim procurá-lo até aqui. Eu serei a sua mãe…

– Ah, que maravilha! – gritou Pinóquio, pulando de alegria.

– Você vai obedecer a mim e fazer tudo o que eu lhe pedir.

– Com prazer! Com prazer! Com prazer!

– A partir de amanhã – acrescentou a Fada –, você começará a frequentar a escola.

Pinóquio ficou imediatamente um pouco menos alegre.

– Depois, escolherá uma arte ou profissão de que goste…

AS AVENTURAS DE PINÓQUIO

Pinóquio ficou sério.

– O que você está resmungando entre os dentes? – perguntou a Fada, com ressentimento.

– Eu dizia – lamentou o boneco, em voz baixa – que agora me parece um pouco tarde para ir à escola...

– Não, senhor. Lembre-se de que nunca é tarde para se instruir e aprender algo.

– Mas eu não quero ser artista nem ter uma profissão...

– Por quê?

– Porque trabalhar me parece cansativo.

– Meu filho – disse a Fada –, aqueles que dizem isso acabam quase sempre na cadeia ou no hospital. Saiba que o homem, seja ele rico ou pobre, tem a obrigação de fazer algo neste mundo, de se ocupar, de trabalhar. Infeliz daquele que se deixa levar pelo ócio! O ócio é uma doença gravíssima, e é preciso curá-la imediatamente, desde a infância; senão, quando crescemos, não tem mais cura.

– Eu estudarei, eu trabalharei, eu farei tudo o que me pedir, porque, no fim das contas, já estou farto da vida de boneco e quero me tornar um menino a todo custo. Você me prometeu, certo?

– Prometi. E agora depende de você.

26

Pinóquio vai com seus colegas de escola até a orla da praia para ver o terrível Tubarão.

As aventuras de Pinóquio

No dia seguinte, Pinóquio foi para a escola municipal. Imaginem todos aqueles meninos travessos quando viram entrar um boneco na escola! Foi uma risada sem fim. Ora era um que zombava dele, ora era outro; tinha o que arrancava o chapeuzinho de sua mão; tinha o que puxava seu casaquinho por trás; o que tentava desenhar com uma caneta dois bigodões embaixo de seu nariz; e o que procurava lhe amarrar uns fios nos pés e nas mãos para fazê-lo dançar.

Por um tempo, Pinóquio mostrou desenvoltura e se afastou. Mas, enfim, sentindo que sua paciência estava acabando, voltou-se para aqueles que mais o atazanavam e riam de sua cara, e disse para eles, decidido:

– Preste atenção, rapaziada. Eu não vim aqui para ser seu bobo da corte. Eu respeito os outros e quero ser respeitado.

– Parabéns, diabinho! Falou como um livro impresso! – gritaram aqueles travessos, contorcendo-se de tanto rir, e um deles, o mais impertinente de todos, esticou a mão com a intenção de pegar o boneco pela ponta do nariz.

Mas não deu tempo, pois Pinóquio esticou a perna debaixo da mesa e lhe deu um chute nas canelas.

– Ai! Que pé duro! – gritou o menino, esfregando o hematoma deixado pelo boneco.

– E que cotovelo... ainda mais duro do que o pé! – disse outro, que, por suas piadas sem graça, tinha levado uma cotovelada no estômago.

Fato é que, depois daquele chute e daquela cotovelada, Pinóquio imediatamente conquistou a estima e a simpatia de todas as crianças da escola, e todas elas o agradavam e queriam o seu bem de coração.

E até mesmo o professor o elogiava, pois o via atento, estudioso, inteligente, sempre o primeiro a chegar e o último a se levantar quando as aulas terminavam.

O seu único defeito era o de ter muitos colegas e, dentre eles, vários travessos conhecidíssimos pela sua pouca vontade de estudar e ter sucesso na vida.

O professor o advertia todos os dias, assim como a Fada, que não cansava de lhe dizer e repetir mil vezes:

– Cuidado, Pinóquio! Essas suas companhias da escola acabarão, cedo ou tarde, por fazê-lo perder o amor aos estudos e, quem sabe, até lhe causar alguma desgraça.

– Não tem perigo! – respondia o boneco, dando de ombros e tocando com o dedo indicador na própria testa, como se dissesse: "Tem muito juízo aqui dentro!".

Até que, um belo dia, enquanto caminhava para a escola, encontrou um grupo desses colegas habituais que, indo em sua direção, lhe disseram:

– Já sabe da grande novidade?

– Não.

– Apareceu aqui no mar da região um Tubarão tão grande quanto uma montanha.

– É sério? Será que é o mesmo Tubarão de quando meu pobre pai se afogou?

– Nós estamos indo até a praia para vê-lo. Você quer vir com a gente?

– Não. Eu quero ir para a escola.

– Mas por que você está preocupado com a escola? Vamos para a escola amanhã. Com uma aula a mais ou a menos, continuamos burros do mesmo jeito.

– O que o professor vai falar?

– Deixe-o falar. Ele é pago para resmungar todos os dias.

– E minha mãe?

– As mães nunca sabem de nada – responderam os malandros.

– Sabem o que vou fazer? – disse Pinóquio. – Eu também quero ver o Tubarão, por motivos pessoais... mas irei vê-lo depois da escola.

– Pobre idiota! – rebateu um membro do grupo. – Você acha que um peixe daquela dimensão vai ficar ali à sua disposição? Assim que se entediar, ele zarpa para outro canto, e aí quem viu, viu.

CARLO COLLODI

– Quanto tempo leva daqui até a praia? – perguntou o boneco.

– Uma hora para ir e voltar, com tranquilidade.

– Então, partiu! E quem chegar por último é mulher do padre! – gritou Pinóquio.

Dado esse sinal de partida, o bando de moleques, com seus livros e cadernos embaixo do braço, começaram a correr pelos campos; e Pinóquio estava sempre na dianteira de todos, parecia ter asas nos pés.

De vez em quando, virando-se para trás, zombava de seus companheiros, que estavam a uma bela distância dele e, ao vê-los ofegantes, fatigados, esfalfados e com a língua de fora, ria com gosto.

O infeliz, naquele momento, não sabia a que medos e a que desgraças terríveis estava indo de encontro.

27

Em um grande confronto entre Pinóquio e seus companheiros, um deles acaba sendo ferido, e Pinóquio é preso pelos guardas.

o chegar à praia, Pinóquio foi imediatamente observar o mar, mas não avistou nenhum Tubarão. O mar estava completamente liso, como um grande espelho.

– Onde está o Tubarão? – perguntou, voltando-se para os companheiros.

– Deve ter ido tomar café da manhã – respondeu um deles, rindo.

– Ou terá voltado para a cama para tirar uma soneca – acrescentou outro, rindo ainda mais alto.

Por essas respostas sem sentido e pelas risadas estúpidas, Pinóquio compreendeu que seus companheiros lhe haviam pregado uma peça, dando-lhe a entender algo que não era verdade, e, não gostando nada disso, zangou-se com eles:

– E então? Que sentido vocês acharam em me enganarem com essa historinha do Tubarão?

– Claro que tem um sentido! – responderam em coro os baderneiros.

– E qual seria ele?

– O de fazer você faltar à escola e vir com a gente. Você não tem vergonha de se mostrar todos os dias tão rígido e aplicado nas aulas? Não tem vergonha de estudar tanto?

– E o que interessa a vocês se eu estudo muito?

– Isso nos interessa muito, pois nos obriga a passar vergonha diante do professor...

– Por quê?

– Porque os alunos que estudam sempre apagam aqueles que, como nós, não têm vontade de estudar. E nós não queremos ser invisíveis! Nós também temos amor-próprio!

– O que eu devo fazer para agradá-los, então?

– Você também tem de pegar ranço da escola, das aulas e do professor, que são nossos três grandes inimigos.

– E se eu quiser continuar estudando?

As aventuras de Pinóquio

– Não olharemos mais na sua cara e, na primeira oportunidade, pagará por isso!

– Na verdade, vocês são uma piada – disse o boneco, balançando a cabeça.

– Eeei, Pinóquio! – gritou então o maior dos garotos, partindo para cima dele. – Não fique se gabando, não banque o petulante, porque, se você não tem medo da gente, a gente também não tem medo de você! Lembre-se de que você está sozinho aqui, e nós somos sete.

– Sete, como os pecados capitais – disse Pinóquio, dando uma grande risada.

– Vocês ouviram isso? Ele nos insultou! Ele nos chamou de pecados capitais!

– Pinóquio! Peça desculpas pela ofensa! Senão você vai ver só!

– Bata aqui, ó! – fez o boneco, tocando com o dedo indicador a ponta do nariz, em sinal de zombaria.

– Pinóquio! Isso vai acabar mal!

– Vá, bata!

– Não seja burro!

– Vá, bata!

– Você vai voltar para casa com o nariz quebrado!

– Vá, bata!

– Você vai ver o que é bom para tosse! – gritou o mais atrevido dos baderneiros. – Tome esse adiantamento e guarde-o para mais tarde.

E, ao dizer isso, deu-lhe um soco na cabeça.

Mas foi, como dizem, um toma lá dá cá, porque o boneco, como era de se esperar, respondeu logo com outro soco; e então, de uma hora para a outra, virou uma briga violenta e generalizada.

Pinóquio, embora estivesse sozinho, defendia-se como um herói. Com seus pés de madeira duríssima, conduzia tão bem que mantinha sempre seus

CARLO COLLODI

inimigos a uma distância respeitosa. Onde seus pés conseguiam alcançar e tocar, deixavam sempre um hematoma de recordação.

Então, os garotos, irritados por não poderem medir forças com o boneco no corpo a corpo, pensaram em lançar munições; e, arrancando as folhas de seus livros, começaram a arremessar contra ele as Aritméticas, as Gramáticas, os Dicionários, os contos de Thouar[5], o *Pintinho* da Ida Baccini[6] e outros livros didáticos, mas o boneco, que tinha os olhos ágeis e astutos, esquivava-se a tempo, de modo que os volumes, passando por cima de sua cabeça, acabavam todos caindo no mar.

Imaginem os peixes! Os peixes, acreditando que os livros fossem de comer, corriam em bando para a superfície da água, mas, depois de terem abocanhado algumas páginas ou alguns frontispícios, cuspiam-nos imediatamente, fazendo uma careta, como se dissessem: "Isso não nos serve, estamos acostumados a comer coisa muito melhor!".

E assim o confronto se intensificava cada vez mais quando eis que um enorme Caranguejo, que havia saído da água e escalado lentamente até a praia, gritou com um vozeirão de trombone resfriado:

– Parem já com isso, seus baderneiros! Essas guerras violentas entre garotos raramente acabam bem. Sempre acontece uma desgraça!

Pobre Caranguejo! Foi o mesmo que pregar ao vento. Na verdade, aquele malandro do Pinóquio, virando-se furiosamente para trás, para encará-lo, disse-lhe cheio de grosseira:

– Quieto, Caranguejo insuportável! Vá chupar duas pastilhas de liquens para curar essa dor de garganta! Ou melhor, vá para a cama e tente suar lá.

---

[5] Pietro Thouar é um escritor italiano reconhecido pelos livros de contos usados no âmbito escolar. Muitos de seus livros contavam a história de crianças exemplares e recompensadas. Os protagonistas eram, quase sempre, órfãos que, graças à sua dedicação ao estudo ou ao trabalho, eram aceitos e estimados pela sociedade, alcançando uma realização pessoal. (N.T.)

[6] Ida Baccini foi uma grande jornalista e autora infantojuvenil italiana. Seu primeiro livro, *Memorie di un pulcino* ("Memórias de um pintinho", em tradução literal), fez um grande sucesso na época. Um fato curioso é que, inicialmente, pela sugestão de um professor da academia de Letras italiana, Ida assinou o livro apenas com suas iniciais, de forma que parecesse um nome masculino. Além disso, algumas de suas obras foram assinadas com o nome de seu filho, Manfredo. (N.T.)

As aventuras de Pinóquio

Nesse meio-tempo, os garotos, que já tinham arremessado todos os livros deles, avistaram, a poucos metros de distância, o fichário de livros do boneco e se apossaram dele em um piscar de olhos.

Entre os livros, havia um volume encadernado com uma cartolina grossa, com a nervura e com as pontas de pergaminho. Era um *Tratado de Aritmética*. Deixo para vocês imaginarem se era muito pesado!

Um daqueles travessos segurou aquele volume e, mirando na cabeça de Pinóquio, atirou-o com toda a força que tinha no braço; mas, em vez de acertar o boneco, acertou a cabeça de um de seus companheiros, que ficou branco como um pano lavado e não falou nada além do que as seguintes palavras:

– Minha nossa senhora, me ajude... porque vou morrer!

Depois, caiu estirado na areia da praia.

Ao verem que o menino estava morto, os garotos, apavorados, começaram a correr e, em poucos minutos, não era mais possível avistá-los.

Mas Pinóquio permaneceu ali e, apesar da dor e do susto, ainda que ele também estivesse mais morto do que vivo, foi correndo molhar seu lencinho na água do mar e o colocou nas têmporas de seu pobre colega de escola. E, enquanto chorava copiosa e desesperadamente, chamava-o pelo nome e dizia:

– Eugênio! Pobre Eugênio! Abra os olhos e olhe para mim! Por que não me responde? Não fui eu quem lhe fez tanto mal, entenda! Acredite em mim, não fui eu! Abra os olhos, Eugênio... Se você continuar com os olhos fechados, eu também vou morrer... Meu Deus! Como farei para voltar para casa agora? Com que coragem eu vou me apresentar diante da minha mãe? O que será de mim? Para onde fugirei? Onde irei me esconder? Ah, como teria sido melhor, mil vezes melhor, ter ido à escola! Por que fui dar ouvidos a esses companheiros, que são a perdição? E o professor havia me dito! E a minha mãe havia repetido: "Cuidado com as más companhias!" Mas eu sou cabeçudo... teimoso... deixo todo mundo falar e, então, faço

As aventuras de Pinóquio

tudo do meu jeito! E, depois, cabe a mim pagar por isso... E assim, desde que vim ao mundo, nunca tive quinze minutos de paz. Meu Deus! O que será de mim, o que será de mim, o que será de mim?

E Pinóquio continuava a chorar, a se lamentar, a se golpear na própria cabeça e a chamar pelo nome do pobre Eugênio quando ouviu, de repente, um barulho abafado de passos se aproximando.

Virou-se: eram dois guardas.

– O que você faz atirado no chão? – perguntaram a Pinóquio.

– Estou ajudando meu colega de escola.

– Ele está mal?

– Acho que sim...

– Mais do que mal! – disse um dos guardas, inclinando-se e observando Eugênio de perto. – Este garoto foi ferido na cabeça. Quem o feriu?

– Não fui eu! – balbuciou o boneco, que não tinha mais um sopro de fôlego no corpo.

– Se não foi você, quem o feriu, então?

– Não fui eu! – repetiu Pinóquio.

– E com o que ele foi ferido?

– Com este livro. – E o boneco pegou do chão o *Tratado de Aritmética*, encadernado com cartolina e pergaminho, para mostrá-lo ao guarda.

– E de quem é este livro?

– É meu.

– Chega. Não preciso de mais nada. Levante-se imediatamente e acompanhe-nos.

– Mas eu...

– Acompanhe-nos!

– Mas eu sou inocente!

– Acompanhe-nos!

Antes de partirem, os guardas chamaram uns pescadores que passavam naquele exato momento com o seu barco perto da praia e disseram a eles:

– Confiamos a vocês este garotinho ferido na cabeça. Levem-no para a casa de vocês e ajudem-no. Amanhã voltaremos para vê-lo.

Então, voltaram-se para Pinóquio e, depois de o terem colocado entre os dois, intimaram-no em tom soldadesco:

– Avante! E caminhe depressa! Senão, pior para você...

Sem precisarem repetir, o boneco começou a caminhar pela estradinha que levava até a vila. Mas o pobre-diabo não sabia sequer em que mundo estava. Parecia estar sonhando e... que pesadelo! Estava fora de si. Seus olhos enxergavam dobrado, as pernas tremiam, a língua estava grudada no céu da boca e não conseguia mais pronunciar uma só palavra. No entanto, em meio àquela espécie de estupidez e desnorteamento, um espinho afiadíssimo perfurava seu coração: isto é, o pensamento de que teria de passar debaixo da janela da casa de sua boa Fada entre os guardas. Antes estivesse morto.

Já haviam chegado e estavam prestes a entrar na vila quando uma rajada de vento arrancou o chapeuzinho da cabeça de Pinóquio, levando-o para uns metros de distância.

– Vocês se importam – disse o boneco aos guardas – que eu vá buscar o meu chapeuzinho?

– Vá, mas não demore.

O boneco foi, pegou o chapéu... mas, em vez de botá-lo na cabeça, colocou-o na boca, entre os dentes, e então começou a correr desenfreadamente em direção à praia. Partiu como uma bala de espingarda.

Os guardas, julgando que seria difícil alcançá-lo, soltaram atrás dele um enorme cão mastim, o qual havia ganhado o primeiro prêmio em todas as corridas de cães. Pinóquio corria, e o cão corria mais do que ele; por isso, as pessoas se aproximavam das janelas e se aglomeravam no meio da rua, ansiosas para ver o fim de uma corrida tão furiosa. Mas não conseguiram satisfazer esse desejo, pois o cão mastim e Pinóquio levantaram tamanha poeira ao longo da rua que, em minutos, já não dava para enxergar mais nada.

28

Pinóquio corre o perigo de ser frito na frigideira, como um peixe.

As aventuras de Pinóquio

Durante a corrida desesperada, houve um momento terrível, um momento em que Pinóquio acreditou estar perdido, pois é preciso saber que Aridoso (era este o nome do mastim), no furor da correria, quase o alcançara.

Basta dizer que o boneco sentia atrás dele, a um palmo de distância, a respiração ofegante daquela fera e sentia até o seu hálito quente.

Por sorte, a praia já estava próxima, e era possível avistar o mar a poucos passos.

Assim que chegou à praia, o boneco deu um belíssimo salto, como faria um sapo, e caiu na água. Aridoso, em vez disso, tentou parar, mas, levado pelo impulso da corrida, acabou entrando na água também. E o infeliz não sabia nadar. Por isso, começou a se debater com as patas para se manter boiando; mas, quanto mais se debatia, mais sua cabeça submergia.

Quando voltou a colocar a cabeça para fora, o pobre cão tinha os olhos amedrontados e arregalados e, latindo, gritava:

– Estou me afogando! Estou me afogando!

– Que morra, então! – respondeu de longe Pinóquio, que agora se considerava a salvo de qualquer perigo.

– Ajude-me, Pinóquio! Salve-me da morte!

Diante daqueles gritos excruciantes, o boneco, que no fundo tinha um excelente coração, comoveu-se e, voltando-se para o cão, disse-lhe:

– Mas, se eu salvar você, promete para mim que não vai me perturbar nem correr atrás de mim?

– Prometo! Prometo! Mas corra, por favor, porque, se demorar mais meio minuto, estarei morto.

Pinóquio hesitou um pouco, mas, então, lembrando-se de que seu pai havia lhe dito várias vezes que fazer uma boa ação nunca traz arrependimentos, nadou em direção a Aridoso e, segurando-o pelo rabo, levou-o são e salvo para a areia seca da praia.

O pobre cão não estava se aguentando em pé. Tinha bebido tanta água salgada que estava inflado como um balão. Além disso, o boneco, não querendo confiar muito, achou prudente atirar-se de novo ao mar e, afastando-se da orla, gritou para o amigo salvo:

– Adeus, Aridoso! Faça uma boa viagem e mande lembranças para casa.

– Adeus, Pinóquio! – respondeu o cão. – Muito obrigado por ter me salvado da morte. Você me fez um grande favor e, neste mundo, o bem com o bem se paga. Caso surja uma oportunidade, nós nos falaremos novamente.

Pinóquio continuou a nadar, mantendo-se sempre próximo à terra firme. Finalmente, achou ter encontrado um lugar seguro e, dando uma olhada ao redor da praia, avistou sobre as rochas uma espécie de gruta, de onde saía uma longuíssima coluna de fumaça.

– Naquela gruta – disse para si mesmo – deve ter fogo. Ótimo! Vou me secar e me esquentar, e depois? E depois, venha o que vier.

Decisão tomada, aproximou-se da falésia, mas, quando estava prestes a escalar, sentiu algo embaixo da água que subia, subia e o erguia no ar. Tentou fugir imediatamente, mas já era tarde, pois, para seu espanto, viu-se preso dentro de uma rede enorme em meio a um enxame de peixes de todos os tipos e tamanhos, que se agitavam e se debatiam como tantas almas desesperadas.

E, ao mesmo tempo, viu sair da gruta um pescador tão feio, mas tão feio que parecia um monstro marinho. Em vez de cabelos, tinha um espesso arbusto de grama verde na cabeça, a pele de seu corpo era verde, os olhos eram verdes, e a barba, compridíssima, que descia até quase os pés, verde também. Parecia um imenso lagarto ereto sobre as patas traseiras.

Quando tirou a rede do mar, o pescador gritou muito contente:

– Bendito seja! Hoje também poderei ter um belo banquete de peixe!

– Ainda bem que eu não sou um peixe! – disse Pinóquio para si mesmo, recuperando um pouco da coragem.

CARLO COLLODI

A rede cheia de peixes foi levada para dentro da gruta, uma gruta escura e esfumaçada, no meio da qual frigia uma grande frigideira de óleo, que exalava um cheiro de pavio queimado que cortava a respiração.

– Agora, vamos ver que peixes pegamos! – falou o pescador verde e, enfiando dentro da rede sua mãozona tão desproporcional, que parecia uma pá de forno de padeiro, pegou um punhado de salmonetes.

– Olhe só que belos salmonetes! – disse, olhando-os e cheirando-os com satisfação. E, depois de tê-los cheirado, atirou-os em um balde sem água.

Então, repetiu várias vezes o mesmo procedimento e, conforme ia tirando outros peixes, sentia brotar-lhe água na boca e, vangloriando-se, dizia:

– Estas pescadas-brancas estão boas! Estas tainhas, saborosas! Estes linguados, deliciosos! Estes peixes-aranha, apetitosos! E que gracinhas estas anchovas com a cabeça...

Como podem imaginar, as pescadas-brancas, as tainhas, os linguados, os peixes-aranha e as anchovas foram todos, a granel, para dentro do balde fazer companhia para os salmonetes.

O último que restou na rede foi Pinóquio.

Assim que o pescador o apanhou, arregalou seus olhões verdes de espanto e gritou, parecendo amedrontado:

– De que espécie é este peixe? Dos peixes que existem no mundo, não me lembro de já tê-lo comido!

E voltou a observá-lo atentamente por longos minutos. Depois de ter observado cada detalhe dele, acabou dizendo:

– Entendi. Deve ser uma caranguejola.

Então, Pinóquio, mortificado por ter sido confundido com uma caranguejola, disse em tom ressentido:

– Mas que caranguejola o quê! Olhe só como o senhor me trata! Para o seu governo, eu sou um boneco.

– Um boneco? – replicou o pescador. – Confesso que peixe-boneco é novidade para mim. Melhor assim. Vou comê-lo com o maior prazer.

AS AVENTURAS DE PINÓQUIO

– Como assim me comer? O senhor ainda não entendeu que não sou um peixe? Ou não percebeu que eu falo e raciocino como o senhor?

– É verdade – acrescentou o pescador. – E, como vejo que é um peixe que tem a sorte de falar e pensar como eu, quero tratá-lo com a devida consideração.

– E qual seria essa consideração?

– Em sinal de amizade e estima particular, deixarei à sua escolha como quer ser cozinhado. Deseja ser frito na frigideira ou prefere ser cozido na panela com molho de tomate?

– Para falar a verdade – respondeu Pinóquio –, se devo escolher, prefiro ser liberado para poder voltar para minha casa.

– Você está de brincadeira! Acha que eu vou perder a oportunidade de experimentar um peixe tão raro? Não é sempre que aparece um peixe--boneco nestes mares. Mas deixe comigo: eu vou fritá-lo na frigideira junto a todos os outros peixes, e você ficará feliz por isso. Ser frito acompanhado é sempre um consolo.

Com esse discurso, o infeliz do Pinóquio começou a chorar, a gritar, a implorar e, aos berros, dizia:

– Seria melhor ter ido para a escola! Quis dar ouvidos aos meus companheiros e agora estou pagando por isso! Ai... ai... ai...

E, como se contorcia como uma enguia e fazia esforços inacreditáveis para escapar das garras do pescador verde, este pegou uma corda de junco e, depois de tê-lo amarrado pelas mãos e pelos pés, como um salame, atirou-o no balde junto aos outros.

Depois, pegou uma grande travessa de madeira, cheia de farinha, pôs-se a empanar todos os peixes e, conforme os empanava, jogava-os na frigideira para fritá-los.

Os primeiros peixes a dançar no óleo fervente foram as pobres pescadas--brancas, seguidas dos peixes-aranhas, das tainhas, dos linguados e das anchovas, e então chegou a vez de Pinóquio. Ao ver-se tão perto da morte (e que morte horrível!), Pinóquio foi tomado por tamanho tremor e medo que não tinha mais voz nem fôlego para pedir ajuda.

O pobre menino implorava ajuda com os olhos! Mas o pescador verde, sem lhe dar atenção, mergulhou-o cinco ou seis vezes na farinha, empanando-o tão bem da cabeça aos pés que parecia ter virado um boneco de gesso.

Então, pegou-o pela cabeça e...

29

Pinóquio volta para a casa da Fada, que lhe promete que, no dia seguinte, não será mais um boneco, mas um menino. Um belo café da manhã com café com leite é preparado para celebrar este grande acontecimento.

uando o pescador estava prestes a jogar Pinóquio na panela, entrou na gruta um cão enorme, guiado pelo cheiro forte e apetitoso da fritura.

– Passe fora – gritou-lhe o pescador, ameaçando-o e ainda segurando o boneco empanado nas mãos.

Mas o pobre cão estava faminto e, choramingando e abanando o rabo, parecia dizer:

– Me dê um pedaço de fritura e o deixo em paz.

– Já falei para passar fora! – repetiu o pescador e esticou a perna para lhe dar um chute.

Então o cão, que estava realmente faminto e não estava acostumado a deixar as pessoas se aproximar, voltou-se rosnando para o pescador, mostrando-lhe as suas terríveis presas.

Naquele momento, ouviu na gruta uma vozinha bem fraca, que disse:

– Socorro, Aridoso! Se você não me salvar, serei frito!

O cão reconheceu de imediato a voz de Pinóquio e, para seu enorme espanto, deu-se conta de que a vozinha vinha daquele pacote empanado que o pescador tinha em mãos.

O que ele fez então? Lançou-se em um grande salto, abocanhou o pacote empanado e, segurando-o gentilmente com os dentes, saiu correndo como um raio da gruta!

O pescador, irritadíssimo por ter arrancado de sua mão o peixe que comeria com tanta vontade, tentou correr atrás do cão, mas, poucos passos depois, veio-lhe um ataque de tosse e teve de voltar para a gruta.

Enquanto isso, Aridoso, tendo reencontrado a estradinha que conduzia à vila, parou e pousou delicadamente no chão o amigo Pinóquio.

– Não tenho como lhe agradecer! – disse o boneco.

– Não é preciso – replicou o cão. – Você me salvou, e o que é certo é certo. É sabido que neste mundo precisamos ajudar uns aos outros.

– Mas como você foi parar naquela gruta?

As aventuras de Pinóquio

– Eu ainda estava deitado aqui na praia, mais morto do que vivo, quando o vento me trouxe de longe um cheirinho de fritura. O cheirinho abriu meu apetite, e comecei a segui-lo. Se chegasse um minuto mais tarde...

– Nem me diga! – falou Pinóquio, que ainda tremia de medo. – Nem me diga! Se você chegasse um minuto mais tarde, a esta hora eu já estaria frito, comido e digerido. *Brrrr!* Sinto arrepios só de pensar!

Aridoso, rindo, estendeu a pata direita para o boneco, que a tocou com força em sinal de grande amizade, e depois cada um seguiu seu rumo.

O cão pegou o caminho de volta, e Pinóquio, agora sozinho, foi até uma cabana próxima dali e perguntou a um senhor que estava à porta aquecendo-se ao sol:

– O senhor sabe algo sobre um pobre garoto que foi ferido na cabeça e que se chamava Eugênio?

– O garoto foi trazido por alguns pescadores para esta cabana e agora...

– Agora está morto! – interrompeu Pinóquio, muito sentido.

– Não. Agora está vivo e já voltou para a casa dele.

– Sério? É sério? – gritou o boneco, pulando de alegria. – Portanto, o ferimento não era grave?

– Mas poderia ter sido gravíssimo, até mortal – respondeu o velhote –, porque atiraram um livro enorme encadernado com cartolina na cabeça dele.

– E quem o atirou?

– Um colega de escola, um tal de Pinóquio.

– E quem é esse Pinóquio? – perguntou o boneco, fazendo-se de desentendido.

– Dizem que ele é um moleque, um vagabundo, um verdadeiro irresponsável...

– Calúnias! Todas calúnias!

– Você conhece esse Pinóquio?

– De vista! – respondeu o boneco.

– E o que você acha dele? – perguntou-lhe o velhote.

– Parece-me ser um bom garoto, que gosta de estudar, obediente, apegado a seu pai e à família...

Enquanto o boneco desfilava todas essas mentiras na maior cara lavada, tocou em seu nariz e reparou que este havia crescido mais de um palmo. Então, aterrorizado, começou a gritar:

– Não dê ouvidos a todos esses elogios que eu lhe mencionei, senhor, pois conheço muito bem Pinóquio e posso assegurar-lhe que ele é, realmente, um moleque, um desobediente e um preguiçoso que, em vez de ir à escola, anda por aí com seus colegas fazendo travessuras!

Assim que terminou de pronunciar essas palavras, seu nariz encolheu e voltou ao tamanho natural, como era antes.

– E por que você está todo branco deste jeito? – perguntou-lhe, de repente, o velhote.

– Vou lhe contar... sem perceber, eu me esfreguei em um muro pintado com cal – respondeu o boneco, com vergonha de contar que o tinham empanado como um peixe para depois fritá-lo na frigideira.

– E seu casaquinho, suas bermudas e seu chapeuzinho onde estão?

– Encontrei uns ladrões pelo caminho que me roubaram tudo. O senhor não teria, por acaso, alguma roupa para me dar, para que eu possa voltar para casa?

– Ah, meu garoto, o único tecido que tenho aqui é um saquinho onde guardo os tremoços. Se você quiser pegá-lo, está ali.

E Pinóquio nem o esperou falar duas vezes: pegou logo o saquinho de tremoços, que estava vazio, e, depois de ter feito com a tesoura um buraquinho no fundo e dois buraquinhos nos lados, vestiu-o como uma camiseta. E assim, levemente vestido, partiu rumo à vila.

Mas, ao longo do caminho, sentiu-se incomodado, tanto que dava um passo para a frente e outro para trás e, discorrendo para si mesmo, dizia:

As aventuras de Pinóquio

– Como farei para me apresentar para minha boa Fadinha? O que ela dirá quando me vir? Ela vai querer me perdoar por esta segunda travessura? Aposto que ela não vai me perdoar… Ah! Mas não vai me perdoar mesmo! E está certa, pois sou um moleque que sempre prometo me comportar e nunca cumpro.

Chegou à vila quando já estava escuro e, como fazia um tempo horrível e chovia torrencialmente, foi direto para a casa da Fada, decidido a bater à porta e ser atendido.

Mas, quando chegou lá, sentiu sua coragem falhar e, em vez de bater, afastou-se correndo por uns poucos passos. Então, voltou à porta pela segunda vez e não fez nada. Depois, aproximou-se uma terceira vez, e nada. Na quarta vez, tremendo, pôs a mão na aldraba de ferro e, então, deu uma batidinha.

Esperou, esperou e, finalmente, depois de meia hora, abriu-se uma janela do último andar (a casa tinha quatro andares), e Pinóquio viu aproximar-se da janela uma Lesma imensa, com uma luzinha acesa na cabeça, que disse:

– O que quer a esta hora?

– A Fada está em casa? – perguntou o boneco.

– A Fada está dormindo e não quer ser acordada. E você quem é?

– Sou eu!

– Eu quem?

– Pinóquio.

– Que Pinóquio?

– O boneco que mora aí na casa com a Fada.

– Ah, entendi. – disse a Lesma. – Espere um minuto que já vou descer para abrir a porta.

– Depressa, por favor, porque estou morrendo de frio.

– Meu garoto, eu sou uma lesma, e as lesmas nunca têm pressa.

Enquanto isso, passou uma hora, passaram-se duas horas, e nada de a porta se abrir. Por isso, Pinóquio, que tremia de frio, de medo e pelo

173

AS AVENTURAS DE PINÓQUIO

aguaceiro que caía em cima dele, encheu-se de coragem e bateu uma segunda vez, desta vez bem mais forte.

À segunda batida, abriu-se uma janela do andar abaixo e desta aproximou-se a mesma Lesma.

– Lesminha linda – gritou Pinóquio da rua –, estou esperando faz duas horas! E duas horas, nesta noite infernal, parecem mais longas do que dois anos. Venha depressa, por caridade!

– Meu garoto – respondeu-lhe da janela o animalzinho, com toda calma e tranquilidade –, meu garoto, eu sou uma lesma, e as lesmas nunca têm pressa.

E a janela fechou-se novamente.

Dali a pouco, deu meia-noite. Então, bateu uma, depois bateram duas horas da manhã, e a porta continuava fechada.

Então, Pinóquio, já sem paciência, segurou com raiva a aldraba da porta e deu uma batida que ecoou por todo o edifício. E a aldraba, que era de ferro, transformou-se em uma enguia viva que escorregou de suas mãos e desapareceu na valeta de água que corria rua abaixo.

– Ah, é assim? – gritou Pinóquio, cada vez mais cego de raiva. – Já que a aldraba desapareceu, eu continuarei batendo com pontapés.

E, afastando-se um pouco, deu um belíssimo chute na porta da casa. O golpe foi tão forte que o pé penetrou até o meio da madeira; e, quando o boneco tentou tirá-lo, o esforço foi em vão, pois o pé ficou preso lá dentro, como um prego martelado.

Imaginem o pobre Pinóquio! Teve de passar o restante da noite com um pé no chão e o outro suspenso no ar.

Ao amanhecer, finalmente, a porta se abriu. Aquela incrível Lesma levou apenas nove horas para descer do quarto andar até o térreo. É preciso reconhecer que ela deu tudo de si.

– Por que o seu pé está preso na porta? – perguntou para o boneco, rindo.

– Foi uma infelicidade. Veja, Lesminha querida, se consegue me livrar deste suplício.

– Meu garoto, isso requer o trabalho de um carpinteiro, e eu nunca fui uma carpinteira.

– Peça para a Fada por mim!

– A Fada está dormindo e não quer ser acordada.

– Mas o que a senhora quer que eu faça pregado o dia todo nesta porta?

– Divirta-se contando as formigas que passam pela rua.

– Poderia, pelo menos, me trazer algo para comer, pois estou acabado.

– É para já! – disse a Lesma.

De fato, depois de três horas e meia, Pinóquio a viu retornar com uma bandeja de prata na cabeça. Na bandeja, havia um pão, um galeto assado e quatro pêssegos maduros.

– Aqui está o café da manhã – disse a Lesma.

Diante daquela graça divina, o boneco sentiu-se completamente reconfortado. Mas qual foi a sua decepção quando, ao começar a comer, deu-se conta de que o pão era de gesso, o galeto, de papelão, e os quatro pêssegos, de pedras coloridas, parecidas com os reais.

Queria chorar, queria desesperar-se, queria jogar a bandeja longe com tudo que tinha dentro, mas, em vez disso, fosse pelo grande sofrimento, fosse pela fraqueza do estômago, desmaiou.

Quando acordou, estava deitado em um sofá, e a Fada estava ao seu lado.

– Eu o perdoo novamente – disse-lhe a Fada –, mas ai de você se aprontar outra das suas!

Pinóquio prometeu e jurou que estudaria e que se comportaria sempre bem. E manteve a palavra pelo resto do ano. De fato, nas provas finais, recebeu o prêmio de melhor aluno da escola; e seu comportamento, em geral, foi considerado tão louvável e satisfatório que a Fada, toda contente, lhe disse:

– Amanhã, finalmente, o seu desejo será realizado!

AS AVENTURAS DE PINÓQUIO

– E o que isso significa?

– Que amanhã você deixará de ser um boneco de madeira para se tornar um bom menino.

Quem não presenciou a alegria de Pinóquio ao receber essa notícia tão sonhada nunca poderá imaginar como foi.

Todos os seus amigos e colegas de escola seriam convidados, no dia seguinte, para um grande café da manhã na casa da Fada, para que celebrassem juntos o grande acontecimento. E a Fada havia mandado preparar duzentas xícaras de café com leite e quatrocentos pãezinhos com manteiga. Aquele dia prometia ser muito especial e alegre, mas...

Infelizmente, na vida dos bonecos, há sempre um "mas" que estraga tudo.

30

Pinóquio, em vez de se tornar um menino, foge escondido com seu amigo Pavio para a Vila dos Passatempos.

As aventuras de Pinóquio

Como sempre fazia, Pinóquio logo pediu à Fada permissão para ir entregar os convites pela cidade, e a Fada lhe disse:

– Vá, sim, convidar seus colegas para o café da manhã de amanhã, mas lembre-se de voltar para casa antes de anoitecer. Entendido?

– Prometo voltar em uma hora – replicou o boneco.

– Cuide-se, Pinóquio! As crianças fazem promessas demais, só que, na maioria das vezes, não conseguem mantê-las.

– Mas eu não sou como elas; eu, quando prometo uma coisa, mantenho minha palavra.

– Veremos. E, caso me desobedeça, pior para você.

– Por quê?

– Porque as crianças que não ouvem os conselhos daqueles que sabem mais do que elas acabam sempre vítimas de alguma desgraça.

– E eu sou prova viva disso! – disse Pinóquio. – Mas agora não caio mais nessa!

– Veremos se está dizendo a verdade.

Sem falar mais nada, o boneco cumprimentou a boa Fada, que era quase uma mãe para ele, e, cantando e dançando, saiu pela porta de casa.

Em pouco mais de uma hora, todos os seus amigos já haviam sido convidados. Alguns aceitaram de imediato e com muito gosto; outros, a princípio, se fizeram de difícil, mas, quando souberam que os pãezinhos para mergulhar no café com leite teriam manteiga até na parte de fora, acabaram dizendo "Nós também vamos lhe fazer esse agrado".

Nesse momento, é preciso saber que, entre seus amigos e colegas de escola, Pinóquio tinha um preferido e muito querido, cujo nome era Romeu, mas todos os chamavam pelo apelido de Pavio, por causa de sua figura magra, seca e esguia, tal qual o pavio novo de uma vela de sétimo dia.

Pavio era o menino mais preguiçoso e mais travesso de toda a escola, mas Pinóquio gostava muito dele. Então, foi logo procurá-lo em casa para

AS AVENTURAS DE PINÓQUIO

convidá-lo para o café da manhã e não o encontrou. Voltou uma segunda vez, e Pavio não estava lá. Voltou uma terceira vez e perdeu a viagem.

Onde poderia encontrá-lo? Procura daqui, procura dali, até que, finalmente, avistou-o escondido embaixo da varanda da casa de um camponês.

– O que você está fazendo aí? – perguntou Pinóquio, aproximando-se.

– Estou esperando para partir...

– Aonde você vai?

– Para bem, bem longe!

– Eu fui procurá-lo na sua casa três vezes!

– E o que você queria?

– Não está sabendo do grande acontecimento? Não soube da minha sorte grande?

– Qual?

– Amanhã deixarei de ser um boneco para me tornar um menino como você, como todos os outros.

– Que bom para você.

– Por isso, espero que você venha ao café da manhã na minha casa amanhã.

– Mas eu acabei de lhe dizer que estou partindo esta noite...

– A que horas?

– Daqui a pouco.

– E para onde vai?

– Vou morar em uma vila... a vila mais bonita deste mundo, um verdadeiro paraíso!

– E como se chama?

– Chama-se Vila dos Passatempos. Por que você não vem junto?

– Eu? Não mesmo!

– Está enganado, Pinóquio! Acredite em mim: se você não vier, se arrependerá. Onde mais você encontraria uma vila mais saudável para crianças como nós? Lá, não existem escolas; lá, não existem professores; lá, não existem livros. Naquela bendita vila, não se estuda nunca. Às quintas-feiras, não temos aulas, e cada semana é composta de seis quintas-feiras e de um domingo. Imagina que as férias de verão começam em primeiro de janeiro e terminam no último dia de dezembro. Eis uma vila que eu realmente amo! Eis como deveriam ser todos os lugares civilizados!

– Mas como se passam os dias na Vila dos Passatempos?

– Passa-se o dia brincando e se divertindo de manhã até a noite. Então, à noite, vai-se para a cama e, na manhã seguinte, recomeça tudo de novo. O que você acha?

– Huuum… – fez Pinóquio e balançou levemente a cabeça, como se dissesse "É uma vida que eu também gostaria de levar, com certeza!".

– Então, você quer vir comigo? Sim ou não? Decida-se.

– Não, não, não e não! Eu prometi à boa Fada que me tornaria um bom menino e quero manter a promessa. Inclusive, como o sol já está abaixando, vou deixar você agora e pegar meu rumo. Portanto, adeus e boa viagem.

– Aonde vai com tanta pressa?

– Para casa. A boa Fada quer que eu volte antes de anoitecer.

– Espere mais uns dois minutos.

– Assim chegarei tarde.

– Dois minutinhos só.

– E se a Fada gritar comigo?

– Deixe-a gritar. Depois de gritar bastante, ela se acalmará – disse aquele malandro do Pavio.

– E como você fará isso? Partirá sozinho ou acompanhado?

– Sozinho? Seremos mais de cem crianças.

– E farão a viagem a pé?

– Daqui a pouco passará uma carruagem para me pegar e levar até a entrada da incrível vila.

– Eu pagaria para ver essa carruagem passar agora!

– Por quê?

– Para vê-los partindo todos juntos.

– Espere aqui mais um pouco e verá.

– Não, não. Eu quero voltar para a casa.

– Espere mais dois minutos.

– Eu já abusei bastante por hoje. A Fada ficará preocupada.

– Pobre Fada! Ela tem medo de que você seja comido pelos morcegos, por acaso?

– Mas então... – acrescentou Pinóquio –, você tem certeza de que na vila não existem escolas mesmo?

– Não há nem sombra delas!

– Tampouco professores?

– Nem unzinho.

– E não é obrigatório estudar?

– Nunca, nunca, nunca!

– Que lugar incrível! – disse Pinóquio, sentindo água na boca. – Que lugar incrível! Eu nunca estive lá, mas posso imaginar!

– Por que não vem comigo?

– É inútil me tentar! Eu já prometi à boa Fada que me tornaria um menino de juízo e não quero faltar com minha palavra.

– Então, adeus e mande lembranças para as escolas e também para os ginásios caso os encontre pelo caminho.

– Adeus, Pavio. Faça uma boa viagem, divirta-se e lembre-se dos amigos de vez em quando.

Dito isso, o boneco deu dois passos para ir embora, mas, em seguida, parou e, virando-se para o amigo, perguntou-lhe:

– Mas você tem certeza de que nessa vila todas as semanas são compostas de seis quintas-feiras e um domingo?

– Certeza absoluta.

– E tem certeza de que as férias de verão começam dia primeiro de janeiro e terminam no último dia de dezembro?

– Certeza absoluta.

– Que lugar incrível! – repetiu Pinóquio, em uma consolação excessiva. Depois, com um espírito decidido, acrescentou rápida e furiosamente:

– Então, adeus mesmo e boa viagem.

– Adeus.

– E quando vocês partirão?

– Daqui a pouco.

– Por pouco, eu quase poderia esperar então.

– E a Fada?

– Já estou atrasado de qualquer forma. E voltar para a casa uma hora antes ou depois dá no mesmo.

– Pobre Pinóquio! E se a Fada gritar com você?

– Paciência! Vou deixá-la gritar. E, quando ela já tiver gritado bastante, se acalmará.

Assim, já havia caído a noite e escurecido quando, de repente, avistaram uma luzinha se mexendo ao longe e ouviram um som de guizos e um toque de trombeta tão baixo e abafado que parecia o zumbido de um pernilongo.

– Ela chegou! – gritou Pavio, levantando-se.

– Quem é? – perguntou Pinóquio em voz baixa.

– É a carruagem que veio me buscar. E aí, você quer vir ou não?

– E é verdade mesmo – perguntou o boneco – que nessa vila as crianças nunca são obrigadas a estudar?

– Nunca, nunca, nunca!

– Que lugar incrível! Que lugar incrível! Que lugar incrível!

31

Depois de cinco meses de diversão, Pinóquio, para seu desespero, sente despontar nele um belo par de orelhas de jumento e torna-se um burrinho, com rabo e tudo.

CARLO COLLODI

Finalmente, a carruagem chegou, e chegou sem fazer o menor barulho, pois suas rodas estavam enfaixadas com estopas e trapos.

Puxavam o carro doze parelhas de burrinhos, todos do mesmo tamanho, mas de pelagens diferentes.

Alguns eram cinza, outros, brancos, outros, salpicados de preto e branco, e outros, listrados com grossas listras amarelas e turquesa.

Mas a coisa mais peculiar era esta: aquelas doze parelhas, ou seja, vinte e quatro burrinhos, em vez de terem ferraduras, como qualquer animal de carga, usavam nos pés botinhas de couro brancas.

E o cocheiro?

Imaginem um homenzinho mais largo do que comprido, tenro e gorduroso como uma bola de manteiga, com um rostinho de jambo, uma boquinha que não parava de rir e uma vozinha fina e suave, como a de um gato, que quer cativar o bom coração da dona.

Todas as crianças, assim que o viam, caíam de amores por ele e brigavam para subir na carruagem e ser conduzidas rumo àquele templo da diversão, conhecido no mapa pelo nome sedutor de Vila dos Passatempos.

De fato, a carruagem já estava toda cheia de crianças entre os oito e doze anos, amontoados uns sobre os outros, como sardinha em lata. Sentiam-se mal, estavam empilhados, mal conseguiam respirar, mas ninguém falava um *ai!*, ninguém se lamentava. O consolo de saber que, em poucas horas, chegariam a uma vila onde não havia nem livros, nem escolas, nem professores, deixava-os tão contentes e resignados que não sentiam nem desconforto, nem cansaço, nem fome, nem sede, nem sono.

Assim que o carro parou, o Homenzinho virou-se para Pavio e, com mil caretas e trejeitos, perguntou-lhe, sorrindo:

– Diga-me, meu garoto, você também quer ir para a vila abençoada?

– Claro que quero.

– Mas já lhe aviso, meu querido, que nesta carruagem não tem mais lugar. Como pode ver, está lotado!

AS AVENTURAS DE PINÓQUIO

– Paciência! – replicou Pavio. – Se não tem um lugar ali dentro, vou me adaptar e sentar nos varais da carruagem.

E, dando um salto, subiu e sentou-se nos varais como se cavalgasse um cavalo.

– E você, meu amor – disse o Homenzinho, voltando-se todo elogioso para Pinóquio –, o que pretende fazer? Virá com a gente ou ficará aqui?

– Eu vou ficar – respondeu Pinóquio. – Quero voltar para a minha casa. Quero estudar e ser bem-sucedido na escola, assim como fazem todos os bons meninos.

– Bom para você!

– Pinóquio! – disse então Pavio. – Ouça o que lhe digo: venha com a gente, e seremos felizes.

– Não, não e não!

– Venha com a gente, e seremos felizes – gritaram outras quatro vozes dentro da carruagem.

– Venha com a gente, e seremos felizes – berraram juntas todas as centenas de vozes dentro da carruagem.

– Mas, se for com vocês, o que dirá minha boa Fada? – perguntou o boneco, que começava a ceder e a vacilar.

– Não encha a cabeça com tantos aborrecimentos. Pense que vamos para uma vila onde seremos livres para fazer bagunça desde de manhã até de noite!

Pinóquio não respondeu, mas deu um suspiro. Então, deu outro suspiro; depois, um terceiro suspiro e, finalmente, disse:

– Liberem um lugar aí para mim que eu quero ir com vocês!

– Os lugares já estão todos ocupados – replicou o Homenzinho –, mas, para mostrar-lhe o quanto é bem-vindo, posso ceder-lhe o meu lugar na boleia.

– E o senhor?

– Eu vou a pé.

– Até parece que permitirei uma coisa dessas! Prefiro montar na garupa de algum desses burrinhos! – gritou Pinóquio.

Dito e feito, aproximou-se do burrinho da primeira dupla e tentou cavalgá-lo, mas o animal, virando-se repentinamente, deu-lhe uma grande focinhada no estômago e o atirou para longe.

Imaginem a gargalhada impertinente e grosseira de todas aquelas crianças presentes na cena.

Mas o Homenzinho não riu. Aproximou-se cheio de ternura do burrinho rebelde e, fingindo que iria lhe dar um beijo, arrancou-lhe um pedaço da orelha direita com uma mordida.

Enquanto isso, Pinóquio, levantando-se do chão enfurecido, pulou na garupa daquele pobre animal. E o salto foi tão bonito que as crianças pararam de rir e começaram a gritar "Viva Pinóquio!" e a dar uma salva de palmas que não acabava nunca.

Quando eis que, de repente, o burrinho levantou as duas pernas traseiras e, dando um coice fortíssimo, lançou o pobre boneco no meio da estrada, em cima de um monte de cascalho.

Então, as gargalhadas recomeçaram, mas o Homenzinho, em vez de rir, sentiu-se tomado de muito amor pelo irrequieto asno e, com um beijo, arrancou-lhe metade da outra orelha. Em seguida, disse ao boneco:

– Monte de novo nele e não tenha medo. Esse burrinho tinha algum grilo na cabeça, mas já disse duas palavrinhas em seus ouvidos e espero que agora fique manso e sensato.

Pinóquio montou novamente, e a carruagem começou a andar. Mas, enquanto os burrinhos galopavam e a carruagem corria sobre os pedregulhos da avenida principal, o boneco teve a impressão de ter ouvido uma voz baixinha e quase inteligível que lhe disse:

– Pobre imbecil! Quis fazer as coisas do seu jeito, mas se arrependerá!

Pinóquio, aterrorizado, olhou de um lado para o outro, para saber de onde vinham essas palavras, mas não viu ninguém. Os burrinhos galopavam,

a carruagem andava, as crianças dentro da carruagem dormiam, Pavio roncava como um trator, e o Homenzinho, sentado na boleia, cantarolava entre os dentes:

Todos dormem à noite
E eu não durmo nunca...

Percorrido meio quilômetro, Pinóquio ouviu a habitual vozinha fraca que lhe disse:

– Guarde bem o que vou lhe dizer, seu estúpido! Crianças que largam os estudos e viram as costas para os livros, para as escolas e os professores, para se entregarem completamente aos deleites e à diversão, não conseguirão nada além de um destino infeliz! Eu sei por experiência própria e posso lhe dizer! Chegará o dia em que você também vai chorar, assim como hoje choro eu... mas então será tarde!

Ao ouvir essas palavras sussurradas baixinho, o boneco, mais assustado do que nunca, pulou da garupa da montaria e foi pegar o burrinho pelo focinho. E imaginem como ficou quando percebeu que o burrinho chorava... e chorava como um menino!

– Ei, senhor Homenzinho – gritou Pinóquio para o cocheiro –, você viu mais essa agora? Este burrinho está chorando!

– Deixe-o chorar. Ele vai rir quando se casar.

– E o senhor o ensinou a falar?

– Não. Ele aprendeu sozinho a balbuciar algumas palavras por ter convivido por três anos com cães amestrados.

– Pobre animal!

– Vamos, vamos – disse o Homenzinho –, não vamos perder nosso tempo vendo um burrinho chorar. Monte na garupa e vamos embora. A noite é fresca, e a estrada é longa.

As aventuras de Pinóquio

Pinóquio obedeceu sem reclamar. A carruagem retomou o movimento e, de manhã, ao raiar do dia, chegaram muito contentes à Vila dos Passatempos.

A vila não se parecia com nenhuma outra vila do mundo. A sua população era composta apenas de crianças. Os mais velhos tinham catorze anos; os mais jovens, apenas oito. Pelas ruas, uma alegria, uma algazarra, uma gritaria de fritar o cérebro! Bandos de crianças por toda parte: jogando bolinha de gude, jogos de tabuleiros e futebol, andando de velocípede e de cavalinho de pau, brincando de cabra-cega, pega-pega. Uns estavam vestidos de palhaços, outros engoliam fogo, alguns recitavam, cantavam, davam saltos mortais e plantavam bananeiras com as pernas para o ar. Uns brincavam de arco e gancheta, outros estavam vestidos de general, com capacete de papel e espada de papel machê. Uns riam, outros gritavam, batiam palmas, assobiavam, imitavam o som da galinha botando ovo. Resumindo, um pandemônio, uma gritaria, um furdunço tão enlouquecedor que seria preciso colocar algodões nos ouvidos para não ficar surdo. Em todas as praças, era possível observar teatrinhos de fantoches cheios de crianças, de manhã até de noite, e, nos muros das casas, viam-se escritas de carvão coisas belíssimas, como "Viva os pasatempos!" (em vez de *passatempos*), "Não queremos mais iscolas!" (em vez de *escolas*), "Abaicho à aritmética! (em vez de *abaixo*) e outras pérolas do tipo.

Pinóquio, Pavio e todas as outras crianças que tinham viajado com o Homenzinho, assim que colocaram os pés na cidade, enfiaram-se no meio daquela imensa balbúrdia e, em poucos minutos, como é fácil de imaginar, fizeram amizade com todos. Quem era o mais feliz, o mais contente de todos?

Em meio às diversões contínuas e aos passatempos diversificados, as horas, os dias, as semanas passavam como um raio.

– Ah, que vida boa! – dizia Pinóquio todas as vezes em que, por acaso, trombava com Pavio.

– Viu como eu tinha razão? – reforçava este último. – E você não queria vir junto! E pensar que você tinha metido na cabeça que voltaria para a casa da sua Fada, para perder tempo estudando! Se hoje você está livre da chatice dos livros, das escolas, deve isso a mim, aos meus conselhos, aos meus cuidados, concorda? Somente os amigos de verdade são capazes de prestar esses grandes favores.

– É verdade, Pavio! Se hoje sou um menino completamente feliz, o mérito é todo seu. E o professor, ao contrário, sabe o que ele me dizia sobre você? Dizia sempre: "Não se meta com aquele malandro do Pavio, pois é uma má companhia e a única coisa que tem a oferecer são maus conselhos".

– Pobre professor – replicou o outro, balançando a cabeça. – Eu sabia que ele não me suportava e que se divertia em me caluniar, mas sou generoso e o perdoo!

– Que alma boa! – disse Pinóquio, abraçando afetuosamente o amigo e dando-lhe um beijo no meio da testa.

Então, já haviam se passado cinco meses dessa explosão de diversão e passatempos o dia inteiro, sem ter visto um livro ou uma escola pela frente, quando, certa manhã, Pinóquio acordou e teve, como podemos dizer, uma péssima surpresa que o deixou de mau humor.

32

Pinóquio ganha orelhas de burro e, então, torna-se um burrinho de verdade e começa a zurrar.

CARLO COLLODI

—E qual foi a surpresa?

— Eu vou lhes dizer, meus caros e pequenos leitores: a surpresa foi que, ao acordar, Pinóquio coçou instintivamente a cabeça e, ao coçá-la, reparou que...

Conseguem adivinhar o que aconteceu?

Reparou, para seu grande espanto, que suas orelhas haviam crescido mais de um palmo.

Vocês sabem que o boneco, desde seu nascimento, tinha orelhas bem pequenininhas; tão pequenininhas que, a olho nu, não era possível enxergá-las! Então, imaginem como ele ficou quando se deu conta de que as orelhas haviam crescido tanto durante a noite que pareciam duas folhas de caniço.

Foi imediatamente procurar um espelho para poder se olhar, mas, como não encontrou nenhum, encheu de água uma bacia do lavabo e, ao se refletir nela, viu o que nunca gostaria de ter visto: isto é, viu sua imagem adornada por um magnífico par de orelhas de burro.

Deixo para vocês pensarem na dor, na vergonha e no desespero do pobre Pinóquio!

Começou a chorar, a gritar, a bater com a cabeça na parede, mas, quanto mais se desesperava, mais suas orelhas cresciam e cresciam e cresciam e ficavam peludas na ponta.

Ao barulho daqueles gritos agudíssimos, entrou no quarto uma bela Marmotinha, que morava no andar de cima, a qual, vendo o boneco extremamente agitado, perguntou-lhe com delicadeza:

— O que você tem, meu querido vizinho?

— Estou doente, cara Marmotinha, muito doente... e doente de uma doença que me dá medo! Você sabe medir temperatura?

— Um pouquinho.

— Confira, então, se eu estou com febre, por acaso.

A Marmotinha levantou a pata direita à sua frente e, depois de ter verificado a testa de Pinóquio, disse-lhe suspirando:

— Meu amigo, lamento ter de lhe dar uma má notícia...

Carlo Collodi

– Que notícia?

– Você está ardendo em febre!

– E que febre seria essa?

– É a febre asinina.

– Não conheço essa febre! – respondeu o boneco, que, infelizmente, tinha entendido muito bem.

– Então, eu vou lhe explicar – acrescentou a Marmotinha. – Saiba que, daqui a duas ou três horas, não será mais nem um boneco nem um menino...

– E o que serei?

– Daqui a duas ou três horas, você se tornará um burrinho de verdade, como aqueles que puxam carroças e levam os repolhos e os legumes para a feira.

– Oh, pobre de mim! Pobre de mim! – gritou Pinóquio segurando com as mãos as duas orelhas, puxando-as e retorcendo-as furiosamente, como se fossem as orelhas de outra pessoa.

– Meu querido – replicou a Marmotinha para consolá-lo –, o que você está tentando fazer? Agora é com o destino. Está escrito nos decretos da sabedoria que todas as crianças preguiçosas que, repelindo os livros, as escolas e os professores, passam seus dias brincando e se divertindo com jogos e passatempos acabarão, cedo ou tarde, transformando-se em burrinhos.

– Mas isso é verdade mesmo? – perguntou o boneco, soluçando.

– Infelizmente, sim! E agora é inútil chorar. Deveria ter pensando nisso antes!

– Mas a culpa não é minha. A culpa, acredite, Marmotinha, é toda do Pavio!

– E quem é esse Pavio?

– Um colega de escola. Eu queria voltar para casa; eu queria ser obediente; eu queria seguir estudando e ser bem-sucedido... mas Pavio me disse "Por que você quer se aborrecer estudando? Por que você quer ir à escola? Venha comigo para a Vila dos Passatempos. Lá, não estudaremos mais; lá, nos divertiremos de manhã até de noite e seremos sempre felizes".

"Por quê? Porque, minha cara Marmotinha, eu sou um boneco sem juízo... e sem coração. Ah, se eu tivesse tido um tiquinho de coração, nunca teria abandonado minha boa Fada, que me amava como uma mãe e que fez tanto por mim! E, a esta altura, não seria mais um boneco... mas, sim, um bom menino, como tantos outros! Ah, mas, se encontro Pavio, ai dele! Vou lhe falar umas boas verdades!"

E fez o movimento de querer sair. Mas, quando já estava à porta, lembrou-se de que tinha orelhas de burro e, com vergonha de mostrá-las em público, o que inventou? Pegou um enorme gorro de algodão e, enfiando-o na cabeça, cravou-o até a ponta do nariz.

Em seguida, saiu. E pôs-se a procurar Pavio por toda parte. Procurou-o nas ruas, nas praças, nos teatrinhos, em todos os lugares, mas não o encontrou. Pediu notícias a quem encontrava pelo caminho, mas ninguém o tinha visto. Então, foi procurá-lo em casa e, chegando à frente da porta, bateu.

– Quem é? – perguntou Pavio lá de dentro.

– Sou eu! – respondeu o boneco.

– Espere um pouco e abrirei para você.

Depois de meia hora, a porta se abriu. E imaginem como ficou Pinóquio quando, entrando no quarto, viu seu amigo Pavio com um enorme gorro de algodão na cabeça que descia até o nariz.

Ao ver aquele gorro, Pinóquio sentiu-se quase consolado e logo pensou consigo:

– Será que meu amigo está sofrendo da mesma enfermidade que eu? Será que ele também está com febre asinina?

E, fingindo não ter percebido nada, perguntou-lhe, sorrindo:

– Como está, meu caro Pavio?

– Estou muitíssimo bem. Como pinto no lixo.

– Está falando sério?

– E por que haveria de mentir?

– Desculpe, amigo, mas então por que está usando na cabeça um gorro de algodão que cobre suas orelhas por inteiro?

As aventuras de Pinóquio

– O médico me recomendou, pois machuquei um joelho. E você, caro Pinóquio, por que está usando este gorro de algodão até embaixo do nariz?

– O médico me recomendou, pois eu esfolei o meu pé.

– Oh, pobre Pinóquio!

– Oh, pobre Pavio!

A essas palavras seguiu-se um longuíssimo silêncio, durante o qual os dois amigos não fizeram nada além de olhar um para o outro, em ato de provocação.

Enfim, o boneco, com uma vozinha doce e flautada, disse para seu colega:

– Meu caro Pavio, me tire uma dúvida: você já sofreu de alguma enfermidade nas orelhas?

– Nunca! E você?

– Nunca! Porém, desde hoje cedo tenho uma orelha que está me incomodando.

– Eu também estou sentindo isso.

– Você também? E qual é a orelha que está doendo?

– As duas. E você?

– As duas também. Talvez seja a mesma enfermidade?

– Receio que sim.

– Você me faria um favor, Pavio?

– Com o maior prazer! De todo o coração.

– Posso ver suas orelhas?

– Por que não? Mas antes quero ver as suas, caro Pinóquio.

– Não. Primeiro você.

– Não, querido! Primeiro você, e depois eu!

– Pois bem – disse então o boneco –, vamos fazer um pacto como bons amigos.

– Vamos ouvir o pacto.

– Vamos tirar nossos gorros ao mesmo tempo. Aceita?

– Aceito.

– Então, atenção!

E Pinóquio começou a contar em voz alta:

– Um! Dois! Três!

À palavra *três!*, os dois garotos pegaram seus gorros da cabeça e os jogaram para cima.

E então aconteceu uma cena que pareceria inacreditável se não fosse real. Isto é, aconteceu que Pinóquio e Pavio, quando se viram acometidos pela mesma desgraça, em vez de ficarem mortificados e aflitos, começaram a balançar suas orelhas desproporcionalmente crescidas e, depois de mil gracinhas, acabaram por dar uma bela gargalhada.

E riram, riram e riram a ponto de curvarem o corpo. Até que, no auge da risadaria, Pavio calou-se repentinamente e, cambaleando e mudando de cor, disse para o amigo:

– Me ajude, Pinóquio, me ajude!

– O que você tem?

– Ai de mim! Não estou mais conseguindo ficar de pé sobre as pernas.

– Eu também não – gritou Pinóquio, chorando e cambaleando.

E, enquanto diziam isso, caíram os dois de joelhos no chão e, caminhando com as mãos e os pés, começaram a andar e correr pelo quarto. E, conforme corriam, seus braços viraram patas, seus rostos se alongaram e se tornaram focinhos, e suas costas se cobriram de pelos acinzentados malhados de preto.

Mas sabe qual foi o momento mais terrível para aqueles dois irresponsáveis? O momento mais terrível e mais humilhante foi quando sentiram despontar-lhes o rabo na parte de trás. Tomados então pela vergonha e pela dor, começaram a chorar e a lamentar pelo destino deles.

Antes nunca tivessem feito isso! Em vez de gemidos e lamentos, emitiram zurros asininos e, zurrando bem alto, os dois faziam em coro: *Hi-hoo, hi-hoo!*

– Abram! É o Homenzinho, sou o cocheiro da carruagem que os trouxe a esta vila. Abram imediatamente ou vão se arrepender!

33

Ao tornar-se um burrinho de verdade, é levado para ser vendido e é comprado pelo diretor de uma companhia de palhaços, que o ensina a dançar e saltar obstáculos. Mas, certa noite, ele começa a mancar, e é então vendido para outra pessoa, que deseja fazer um tambor com sua pele.

AS AVENTURAS DE PINÓQUIO

Vendo que a porta não se abria, o Homenzinho a escancarou com um chute violentíssimo. E, ao entrar no quarto, disse com sua típica risadinha a Pinóquio e Pavio:

– Boa, garotos! Vocês zurraram muito bem, e eu logo os reconheci pela voz. E por isso estou aqui.

Diante de tais palavras, os dois burrinhos ficaram muito aborrecidos, de cabeça baixa, com as orelhas baixas e com o rabo entre as pernas.

De início, o Homenzinho os alisou, os afagou, os apalpou. Em seguida, pegou um pente e começou a escová-los com esmero. E, depois de escová-los com furor, deixando-os lustrosos como dois espelhos, colocou cabrestos nos dois e os conduziu até a praça da feira livre, na esperança de vendê-los e de embolsar um lucro razoável.

E, de fato, os compradores não ficaram esperando.

Pavio foi comprado por um camponês, cujo burrinho tinha morrido no dia anterior, e Pinóquio foi vendido para o diretor de uma companhia de palhaços e puladores de corda, que o comprou para amestrá-lo e, depois, fazê-lo saltar e dançar com os outros animais da companhia.

E agora vocês entenderam, meus pequenos leitores, qual era o trabalho do Homenzinho? Este monstrinho horrível, que tinha uma fisionomia tão doce e tenra, girava o mundo, periodicamente, com uma carruagem e ia arrebanhando pelo caminho, com promessas e ilusões, todas as crianças preguiçosas, que desprezavam os livros e a escola. E, depois de encher sua carruagem com muitas delas, conduzia-as para a Vila dos Passatempos, para que passassem todo o tempo jogando, brincando, fazendo algazarra. Depois, quando aquelas pobres crianças iludidas, na ânsia de brincarem sempre e não estudarem nunca, tornavam-se burros, ele então, todo alegre e contente, dominava-as e as levava para vendê-las em feiras e mercados. E assim, em poucos anos, enchera os bolsos de dinheiro e se tornara milionário.

O que aconteceu com Pavio eu nunca soube; sei, no entanto, que Pinóquio teve uma vida duríssima e cansativa desde os primeiros dias.

CARLO COLLODI

Quando foi conduzido para o estábulo, seu novo dono encheu-lhe a manjedoura de palha, mas Pinóquio, depois de ter experimentado um pouquinho, cuspiu-a.

Então o dono, resmungando, encheu a manjedoura de feno, mas nem disso o boneco gostou.

– Ah! Você também não gosta de feno? – gritou o dono, contrariado. – Deixe estar, belo burrinho, pois, se você ainda tem caprichos na cabeça, eu saberei muito bem como arrancá-los.

E, a título de correção, deu-lhe logo uma chicotada nas pernas.

Pinóquio começou a chorar e a zurrar de dor, dizendo:

– *Hi-hoo, hi-hoo!* Eu não consigo digerir a palha!

– Então coma o feno! – replicou o dono, que entendia muito bem o dialeto asinino.

– *Hi-hoo, hi-hoo!* O feno me causa dores no corpo!

– Você, por acaso, esperava que eu mantivesse um burro como você a peito de frango e rocambole de carne? – acrescentou o dono, irritando-se cada vez mais e dando-lhe uma segunda chicotada.

Àquela segunda chicotada, Pinóquio, por prudência, ficou quieto e não disse mais nada.

Nesse ínterim, o estábulo foi fechado, e Pinóquio ficou sozinho. Como já fazia muitas horas que tinha comido pela última vez, começou a bocejar de fome. E, bocejando, escancarava a boca, que parecia um forno.

Por fim, não encontrando nada diferente na manjedoura, resignou-se a mastigar um pouco de feno e, depois de tê-lo mastigado bastante, fechou os olhos e o engoliu.

– Até que feno não é tão ruim – disse então para si mesmo –, mas teria sido muito melhor se eu tivesse continuado a estudar! A esta altura, em vez de feno, poderia estar comendo um pedaço de pão fresco e uma bela fatia de salame! Paciência!

Na manhã seguinte, ao acordar, foi logo procurar na manjedoura outro bocado de feno, mas não encontrou nada, pois havia comido todo ele durante a noite.

Então, pegou um pouco de palha moída e, enquanto a mastigava, teve de aceitar que o sabor da palha moída não se parecia nem com o do risoto à milanesa nem com o da macarronada à napolitana.

– Paciência! – repetiu, sempre mastigando. – Que, pelo menos, a minha desgraça possa servir de lição a todas as crianças desobedientes e que não têm vontade de estudar. Paciência! Paciência!

– Paciência uma ova! – gritou o dono, entrando no estábulo naquele instante. – Você acha mesmo, meu lindo burrinho, que eu o comprei unicamente para lhe dar de comer e beber? Eu comprei você para que trabalhe para mim e me faça ganhar muito dinheiro. Portanto, vamos, levante-se! Venha comigo até o circo, e lá vou lhe ensinar a saltar entre os aros, quebrar barris com a cabeça e dançar a valsa e a polca, de pé, sobre as patas traseiras.

O pobre Pinóquio teve de aprender, pelo amor ou pela dor, todas essas belíssimas coisas, mas, para aprendê-las, foram necessários três meses de aulas e muitas chicotadas de arrancar-lhe os pelos.

Até que, finalmente, chegou o dia em que seu dono pôde anunciar um espetáculo verdadeiramente extraordinário. Os cartazes de várias cores, afixados nas esquinas das ruas, diziam assim:

As aventuras de Pinóquio

Naquela noite, como podem imaginar, uma hora antes do início do espetáculo, o teatro já estava lotado.

Não havia mais poltronas, nem frisas ou tampouco camarotes disponíveis, nem os pagando a peso de ouro. As arquibancadas do circo formigavam de meninos, meninas e jovens de todas as idades, os quais estavam muito ansiosos para ver o famoso burrinho Pinóquio dançar.

Terminada a primeira parte do espetáculo, o Diretor da companhia, vestido com um fraque preto, culotes brancos até as coxas e botas de couro que lhe cobriam os joelhos, apresentou-se à plateia abarrotadíssima e, fazendo uma grande reverência, recitou com muita pompa o seguinte discurso despropositado:

– Respeitável público, senhoras e senhores! Esta humilde pessoa que vos fala, de passagem por esta ilustre cidade, quis me dar a honra, ou melhor, o prazer de apresentar a esta inteligente e notável plateia um famoso burrinho, que já teve o privilégio de dançar para a Sua Majestade, o Imperador de todas as principais Cortes da Europa.

"E, com os meus mais sinceros agradecimentos, peço-lhes que nos ajudem com a vossa animada presença e que tenham compaixão!".

Esse discurso foi recebido com muitas risadas e muitos aplausos, mas os aplausos dobraram e tornaram-se uma espécie de tornado quando o burrinho Pinóquio apareceu no meio do circo. Ele estava todo paramentado para a festa. Tinha um freio novo de couro lustroso, com fivelas e tachas de metal, duas camélias brancas nas orelhas, a crina dividida em vários cachos, amarrados com lacinhos de seda vermelha, uma grande faixa dourada e prateada na cintura, e o rabo todo trançado com fitas de veludo roxo e azul-celeste. Resumindo, estava um burrinho apaixonante!

O Diretor, ao apresentá-lo para o público, acrescentou as seguintes palavras:

– Minha respeitável audiência! Não ficarei aqui vos contando mentiras sobre as grandes dificuldades que enfrentei para compreender e subjugar este mamífero enquanto ele pastava livremente pelas montanhas das planícies da região tórrida. Observem, por obséquio, quanta selvageria exala de seus olhos, e, uma vez que todos os meios para domesticá-lo a viver a vida dos quadrúpedes civilizados foram em vão, precisei recorrer várias vezes ao afável dialeto do chicote. Mas todas as minhas gentilezas, em vez de fazerem com que ele nutrisse simpatia por mim, fizeram com que a minha alma fosse cativada. No entanto, seguindo o sistema de Galles, encontrei em seu crânio uma pequena cartilagem óssea, que a própria Faculdade de Medicina de Paris reconheceu como sendo a do bulbo regenerador de cabelos e a da dança das armas. E por isso quis amestrá-lo na dança, assim como nos respectivos saltos dos aros e dos barris forrados de alumínio. Admirem-no e, depois, julguem-no! Contudo, antes de me despedir dos senhores, permitam-me que eu vos convide para o espetáculo diurno da noite de amanhã; mas, na hipótese de o tempo chuvoso ameaçar chuva, então o espetáculo, em vez de amanhã à noite, será postergado para depois de amanhã, às onze horas anti-horárias da tarde.

E aqui o Diretor fez outra reverência muito pomposa. Em seguida, virando-se para Pinóquio, disse-lhe:

– Ânimo, Pinóquio! Antes de dar início a seus exercícios, cumprimente esse respeitável público, senhores, senhoras e crianças!

Pinóquio, obediente, logo dobrou os dois joelhos para a frente e permaneceu ajoelhado até que o Diretor, estalando o chicote, lhe gritou:

– No passo!

Então, o burrinho pôs-se de quatro novamente e começou a se mover ao redor do circo, caminhando sempre no passo.

Logo depois, o Diretor gritou:

– No trote! – E Pinóquio, obediente ao comando, mudou de passo para trote.

– No galope! – E Pinóquio arrancou no galope.

– Na carreira! – E Pinóquio saiu desenfreado em uma grande carreira. Mas, enquanto corria igual a um cavalo de corrida, o Diretor, erguendo o braço para o alto, deu um tiro de revólver.

As aventuras de Pinóquio

Àquele tiro, o burrinho, fingindo estar ferido, caiu duro no chão do circo, como se fosse um verdadeiro moribundo.

Levantando-se do chão em meio a uma explosão de palmas e de urros que chegavam às alturas, veio-lhe o ímpeto de erguer a cabeça e olhar ao seu redor... e, ao olhar, viu em um camarote uma bela senhora que usava no pescoço um grande cordão de ouro, do qual pendia um medalhão. No medalhão, havia um retrato pintado de um boneco.

– Aquele retrato é meu! E aquela senhora é a Fada! – disse Pinóquio para si mesmo, reconhecendo-a imediatamente; e, deixando-se vencer pela imensa alegria, tentou gritar:

– Ó, minha Fadinha! Ó, minha Fadinha!

Mas, em vez de palavras, saiu de sua garganta um zurro tão alto e prolongado que fez todos os espectadores rir, principalmente as crianças que estavam no teatro.

Então, o Diretor, para ensiná-lo e para fazê-lo compreender que não era de bom-tom zurrar na cara do público, deu-lhe um golpe com o cabo do chicote no focinho.

O pobre burrinho colocou um palmo de língua para fora e passou, no mínimo, uns cinco minutos lambendo o nariz, acreditando que talvez assim estancasse a dor que estava sentindo.

Mas qual foi o seu desespero quando, virando-se uma segunda vez, viu que o camarote estava vazio e que a Fada havia desaparecido!

Sentiu-se como se estivesse morrendo: seus olhos encheram de lágrimas, e ele começou a chorar copiosamente. Porém, ninguém reparou, muito menos o Diretor, que, pelo contrário, estalando o chicote, gritou:

– Bom trabalho, Pinóquio! Agora mostre a esses senhores como você consegue saltar os aros graciosamente.

Pinóquio tentou duas ou três vezes, mas, toda vez que chegava à frente do aro, em vez de atravessá-lo, passava comodamente por baixo dele. Por fim, deu um salto e o atravessou; mas, infelizmente, as pernas traseiras

CARLO COLLODI

tocaram no arco, motivo pelo qual ele caiu no chão, do outro lado, como um pacote.

Quando se reergueu, estava manco e às duras penas conseguiu voltar para o estábulo.

– Volte, Pinóquio! Queremos o burrinho! Volte, burrinho! – gritavam as crianças da plateia, compadecidos e emocionados com o triste acontecimento.

Mas o burrinho não apareceu mais naquela noite.

Na manhã seguinte, o veterinário, ou seja, o médico dos animais, quando foi visitá-lo, declarou que ele ficaria manco para o resto da vida.

Então, o Diretor disse para o funcionário responsável pelo estábulo:

– O que você quer que eu faça com um burro manco? Seria só um peso morto para alimentar. Portanto, leve-o para a praça e tente revendê-lo.

Ao chegarem à praça, logo encontraram um comprador, o qual perguntou para o funcionário:

– Quanto você quer por esse burrinho manco?

– Vinte liras.

– Pois lhe dou vinte tostões. Não pense que o estou comprando para usá-lo; me interesso unicamente pelo couro dele. Vejo que tem o couro muito duro e, com ele, quero fazer um tambor para a banda da minha cidade.

Deixo para vocês pensarem, crianças, no prazer que foi para Pinóquio ouvir que estava destinado a se tornar um tambor!

Fato é que o comprador, assim que pagou os vinte tostões, conduziu o burrinho até a orla do mar e, colocando uma pedra em seu pescoço e amarrando uma de suas pernas com a corda que levava nas mãos, deu-lhe um empurrão repentino e o atirou no mar.

Pinóquio, com aquela pedra no pescoço, foi imediatamente para o fundo, e o comprador, mantendo a corda sempre esticada na mão, foi sentar-se em uma rocha para esperar o burrinho morrer afogado, para então arrancar-lhe a pele.

34

Atirado ao mar, Pinóquio é comido pelos peixes e volta a ser um boneco como antes. Mas, enquanto nada para se salvar, é engolido pelo terrível Tubarão.

As aventuras de Pinóquio

Passados cinquenta minutos desde que o boneco estava debaixo da água, o comprador disse, discorrendo para si mesmo:

– A esta hora, meu pobre burrinho manco já deve estar afogado. Vamos então trazê-lo de volta e fazer um belo tambor com seu couro.

E começou a puxar a corda com a qual o havia amarrado pela perna; e puxa, puxa, puxa até finalmente ver aparecer na superfície... adivinhem? Em vez de um burrinho morto, viu aparecer na superfície um boneco vivo, que se sacudia como uma enguia.

Ao ver aquele boneco de madeira, o pobre homem achou que estivesse sonhando e ficou atordoado, de boca aberta e com os olhos esbugalhados.

Recuperando-se um pouco de seu primeiro estupor, disse chorando e balbuciando:

– E o burrinho que eu atirei no mar, onde está?

– O burrinho sou eu! – respondeu o boneco, rindo.

– Você?

– Eu.

– Ah! Moleque! Está querendo caçoar de mim?

– Caçoar? Muito pelo contrário, meu caro dono. Eu estou falando sério.

– Mas como você, que até pouco tempo atrás era um burrinho, tornou--se um boneco de madeira estando embaixo da água?

– Pode ser efeito da água do mar talvez. O mar tem desses truques às vezes.

– Cuidado, boneco, muito cuidado! Não pense que pode rir à minha custa! Ai de você se eu perco a paciência!

– Pois bem, dono. Você quer saber a história verdadeira? Desamarre esta minha perna, e eu lhe contarei tudo.

O trapalhão do comprador, curioso para conhecer a verdadeira história, desatou imediatamente o nó da corda que o mantinha preso, e então Pinóquio, vendo-se livre como um pássaro no ar, começou a lhe contar:

Carlo Collodi

– Pois então saiba que eu era um boneco de madeira, como sou hoje, mas estava a um passo de me tornar um menino, como tantos outros deste mundo, quando, pela minha pouca vontade de estudar e por dar ouvido às más companhias, fugi de casa... E um belo dia, ao acordar, me vi transformado em um burro, com orelhas enormes e um rabo também enorme! Fiquei com tanta vergonha! Uma vergonha, caro dono, que o bendito Santo Antônio não faça jamais o senhor passar! Fui levado para ser vendido na feira livre e fui comprado pelo Diretor de uma companhia equestre, o qual colocou na cabeça que faria de mim um exímio bailarino e um grande saltador de aros. Mas, certa noite, durante o espetáculo, levei um tombo horrível e fiquei manco das duas pernas. Então, o Diretor, não sabendo o que fazer com um burrinho manco, ordenou a minha venda, e o senhor acabou me comprando!

– Infelizmente! E ainda paguei vinte tostões por você. E agora quem vai me devolver os vinte tostões?

– E por que o senhor me comprou? O senhor me comprou para usar o meu couro para fazer um tambor! Um tambor!

– Infelizmente! E agora onde vou encontrar outro couro?

– Não se desespere, caro dono. Há muitos burrinhos neste mundo!

– E me diga uma coisa, moleque impertinente: a sua história termina aqui?

– Não – respondeu o boneco –, tem mais alguns detalhes e, então, termina. Depois de ter me comprado, o senhor me conduziu até este local para me matar, mas, então, cedendo a um piedoso senso de humanidade, preferiu amarrar uma pedra no meu pescoço e me atirar no fundo do mar. Esse ato de sensibilidade lhe confere uma grande honra, e eu serei eternamente grato ao senhor. No entanto, caro dono, desta vez, o senhor não levou em conta a Fada...

– E quem é essa Fada?

As aventuras de Pinóquio

– É a minha mãe, a qual se parece com todas as outras boas mães, que amam muito seus filhos e jamais os perdem de vista, auxiliando-os amorosamente em cada desgraça, mesmo quando esses filhos, por suas escapulidas e seus maus comportamentos, mereceriam ser abandonados e deixados à própria sorte. Eu dizia, portanto, que a boa Fada, assim que me viu correndo o risco de me afogar, mandou imediatamente ao meu encontro um cardume infinito de peixes, os quais, acreditando que eu fosse de fato um burrinho morto, começaram a me comer! E tiravam uns pedações! Eu nunca imaginei que os peixes fossem mais comilões que as crianças! Alguns comeram minhas orelhas; outros, o focinho; uns, o pescoço e a crina; uns, os pelos das minhas pernas; outros, a pelagem das minhas costas... E, dentre todos eles, havia um peixinho muito gentil que se dignou até a comer meu rabo.

– A partir de hoje – disse o comprador, horrorizado –, juro que nunca mais vou experimentar carne de peixe. Imagine o desprazer de abrir um salmonete ou uma merluza frita e encontrar dentro deles um rabo de burro!

– Eu penso como o senhor – replicou o boneco, rindo. – Além disso, também deve saber que, quando os peixes terminaram de comer toda aquela carcaça de burro, que me cobria da cabeça aos pés, chegaram naturalmente ao osso... ou, melhor dizendo, chegaram à madeira, pois, como pode ver, eu sou feito de uma madeira duríssima. Mas, depois de darem as primeiras mordidas, os peixes glutões se deram conta de que a madeira não era para o bico deles e, nauseados por esse quitute indigesto, foram embora, sem ao menos olhar para trás e me agradecer. E foi assim que chegamos ao momento em que você, ao puxar a corda, encontrou um boneco vivo, em vez de um burrinho morto.

– Faz-me rir essa sua história – gritou o comprador, furioso. – O que sei é que paguei vinte tostões para comprá-lo e quero minha grana de volta. Sabe o que vou fazer? Vou levar você de volta para a feira livre e vou revendê-lo a preço de lenha seca para acender lareira.

CARLO COLLODI

– Revenda-me, então. Eu fico contente – disse Pinóquio.

Mas, ao dizer isso, deu um belo salto e caiu no meio da água. E, nadando alegremente e se afastando da praia, gritava para o pobre comprador:

– Adeus, meu dono! E, caso precisar de couro para fazer tambor, lembre-se de mim.

E então ria mais e continuava a nadar. Depois de um tempo, virava-se para trás de novo e gritava mais alto:

– Adeus, meu dono! E, caso precisar de lenha seca para acender a lareira, lembre-se de mim.

Fato é que, em um piscar de olhos, Pinóquio já estava tão distante que não era mais possível avistá-lo, isto é, enxergava-se na superfície do mar somente um pontinho preto que, de vez em quando, alçava as pernas para fora da água e dava cambalhotas e saltos, como um golfinho de bom humor.

Enquanto Pinóquio nadava todo confiante, avistou no meio do mar uma rocha que parecia um mármore branco e, no topo da rocha, uma bela cabrinha que balia amorosamente e lhe fazia um sinal para se aproximar.

A coisa mais peculiar era que a lã da cabrinha, em vez de ser branca, preta ou mesclada de várias cores, como a de outras cabras, era toda azul, mas um azul-turquesa tão radiante que lembrava muito os cabelos da linda Menina.

Deixo para vocês pensarem em como o coração do pobre Pinóquio começou a bater mais forte! Duplicando de força e energia, pôs-se a nadar em direção à rocha branca e já estava no meio do caminho quando viu surgir na superfície e vir ao seu encontro a terrível cabeça de um monstro marinho, com a boca escancarada como um abismo e três fileiras de presas que dariam medo mesmo se estivessem em uma pintura.

E sabem quem era o monstro marinho?

O monstro marinho era ninguém mais, ninguém menos do que o gigantesco Tubarão, mencionado várias vezes nesta história e que, por seus massacres e sua insaciável voracidade, era apelidado de "Átila dos peixes e dos pescadores".

Imaginem o espanto do pobre Pinóquio ao avistar o monstro. Procurou esquivar-se dele, mudar a rota; tentou fugir, mas aquela imensa boca escancarada vinha cada vez mais ao seu encontro na velocidade de uma flecha.

– Depressa, Pinóquio, por favor! – gritava, balindo, a bela cabrinha.

E Pinóquio nadava desesperadamente com os braços, com o peito, com as pernas e com os pés.

– Corra, Pinóquio! O monstro está se aproximando!

E Pinóquio, reunindo todas as suas forças, redobrava o fôlego para a corrida.

– Cuidado, Pinóquio! O monstro vai alcançá-lo! Ele está vindo! Ele está vindo! Mais depressa, por favor, ou será tarde!

E Pinóquio nadava mais rápido do que nunca e ia, ia, ia, como uma bala de espingarda. E já estava próximo da rocha quando a cabrinha se debruçou sobre o mar e esticou as patinhas da frente para ajudá-lo a sair da água... Mas!

Mas então já era tarde! O monstro o alcançara. O monstro, puxando todo o fôlego, bebeu o pobre boneco como se bebesse um ovo de galinha e o engoliu com tanta violência e com tanta avidez que Pinóquio, deslizando corpo abaixo do Tubarão, sofreu um golpe tão violento que ficou atordoado por uns quinze minutos.

Quando voltou a si, depois daquela consternação, não conseguia se orientar e saber em que mundo estava. Ao seu redor, uma total escuridão, mas uma escuridão tão preta e profunda que lhe parecia ter enfiado a cabeça em um tinteiro.

Pôs-se em escuta e não ouviu nenhum barulho. Apenas sentia, de vez em quando, bater em seu rosto grandes lufadas de vento. A princípio, não conseguia entender de onde vinha o vento, mas depois compreendeu que vinha dos pulmões do monstro. Porque é preciso saber que o Tubarão

As aventuras de Pinóquio

sofria de uma asma fortíssima e, quando respirava, parecia que soprava um vento vindo do norte.

Nas primeiras vezes, Pinóquio tentou criar um pouco de coragem, mas, quando teve a prova e a contraprova de que se encontrava preso no corpo do monstro marinho, começou a chorar e a gritar. E, chorando, dizia:

– Socorro! Socorro! Ó, pobre de mim! Não tem ninguém que possa vir me salvar?

– Quem poderia vir salvá-lo, seu infeliz? – disse naquela escuridão uma voz esganiçada de violão desafinado.

– Quem está falando aí? – perguntou Pinóquio, sentindo-se gelar de medo.

– Sou eu! Sou um pobre Atum, engolido pelo Tubarão na mesma leva que você. E você, que peixe é?

– Eu não tenho nada a ver com os peixes. Eu sou um boneco.

– Mas, se você não é um peixe, então por que se deixou ser engolido pelo monstro?

– Não fui eu que me deixei ser engolido. Foi ele quem me engoliu! E agora o que devemos fazer aqui nesta escuridão?

– Resignar-nos e esperar que o Tubarão nos digira juntos!

– Mas eu não quero ser digerido! – urrou Pinóquio, voltando a chorar.

– Tampouco eu quero ser digerido! – acrescentou o Atum. – Mas eu sou um filósofo e me consolo pensando que, quando se nasce Atum, é mais digno morrer debaixo da água do que em cima do óleo...

– Quanta bobagem! – gritou Pinóquio.

– É a minha opinião – replicou o Atum –, e as opiniões, como dizem os atuns politizados, devem ser respeitadas!

– Resumindo... eu quero sair daqui... quero fugir...

– Pois fuja, se conseguir!

– É muito grande este Tubarão que nos engoliu? – perguntou o boneco.

– Imagine que o corpo dele tem mais de um quilômetro, sem contar a cauda.

Enquanto mantinham esse diálogo no escuro, Pinóquio teve a impressão de avistar bem ao longe uma espécie de claridade.

– O que será aquela luzinha lá longe? – perguntou Pinóquio.

– Deve ser algum colega de desgraça nosso que espera, como a gente, o momento de ser digerido.

– Pois quero ir até ele. Vai que, por acaso, é um velho peixe capaz de me ensinar o caminho para fugir daqui?

– Eu espero de coração que seja, caro boneco.

– Adeus, Atum.

– Adeus, boneco. Boa sorte!

– Será que nos encontraremos de novo?

– Quem sabe? É melhor nem pensarmos nisso!

35

Pinóquio reencontra dentro do corpo do Tubarão... Adivinhem!

Leiam este capítulo e então descobrirão.

Assim que se despediu de seu bom amigo Atum, Pinóquio caminhou em meio à escuridão e, tateando dentro do corpo do Tubarão, dirigiu-se, passo a passo, rumo à pequena claridade que via piscar bem ao longe.

E, ao caminhar, sentia que seus pés afundavam em uma poça de água gordurosa e escorregadia, que exalava um cheiro muito forte de peixe frito, o qual lhe dava a sensação de estar em plena Quaresma.

E, quanto mais avançava, mais a claridade tornava-se reluzente e distinta. Até que, depois de caminhar bastante, enfim chegou. E, quando chegou... o que encontrou lá? Dou três chances para vocês adivinharem. Encontrou uma mesinha posta, com uma vela acesa enfiada em uma garrafa de cristal verde e, sentado à mesa, um velhinho com o cabelo todo grisalho, como se fosse feito de neve ou de chantili, que degustava alguns peixinhos ainda vivos, mas tão vivos que, às vezes, enquanto os comia, alguns escapavam de sua boca.

Àquela visão, Pinóquio sentiu uma alegria tão grande e tão inesperada que, por pouco, não entrou em delírio. Queria rir, queria chorar, queria dizer um monte de coisas, mas, em vez disso, gemia confuso e gaguejava palavras truncadas e desconexas. Finalmente, conseguiu soltar um grito de alegria e, abrindo os braços e se jogando no pescoço do velhinho, começou a gritar:

– Ah, meu papaizinho! Finalmente, eu o reencontrei! A partir de agora, não o largo nunca mais! Nunca mais!

– Então meus olhos estão enxergando bem? – replicou o velhinho, esfregando os olhos. – Então você é mesmo meu querido Pinóquio?

– Sim, sim, sou eu mesmo! E o senhor já me perdoou, não é verdade? Ah, meu papai, como o senhor é bom! E pensar que eu, ao contrário... Ah, mas se soubesse quantas desgraças choveram sobre minha cabeça e quantas coisas deram errado! Imagine que, no dia em que o senhor, pobre papai, vendeu o seu casaco e me comprou a cartilha para que fosse à escola, eu fugi

para ver as marionetes, e o titereiro quis me jogar no fogo para que eu lhe assasse um carneiro, mas depois acabou me dando cinco moedas de ouro para que eu levasse para o senhor, mas no caminho encontrei a Raposa e o Gato, que me levaram para a pousada Camarão Vermelho, onde comeram como reis, e eu parti sozinho à noite e deparei-me com os assassinos que começaram a correr atrás de mim, e eu corria, e eles atrás, e eu corria, e eles sempre atrás, e eu corria, até que me amarraram no galho do Carvalho Gigante, de onde a linda Menina dos cabelos azuis mandou me buscar com uma pequena carruagem, e os médicos, quando me visitaram, logo disseram "Se não está morto, é sinal de que ainda está vivo", e então me escapuliu uma mentira e meu nariz começou a crescer e não passava mais pela porta do quarto, motivo pelo qual fui com a Raposa e o Gato enterrar as quatro moedas de ouro, pois uma eu havia gastado na pousada, e o Papagaio começou a rir e, em vez de duas mil moedas, não encontrei mais nenhuma, e o Juiz, quando soube que eu tinha sido roubado, me mandou logo para a cadeia, para dar uma satisfação aos ladrões, e ao sair dali avistei um belo cacho de uvas em um campo, onde fiquei preso em uma armadilha, e o camponês, com toda razão, colocou uma coleira de cachorro em mim, para que eu fizesse a guarda do galinheiro, mas depois reconheceu minha inocência e me deixou ir embora, e a Serpente, com a cauda que fumava, começou a rir e lhe rompeu uma veia no peito, e assim voltei para a casa da linda Menina, que estava morta, e o Pombo, ao me ver chorando, me disse: "Eu vi seu pai construindo um barquinho para ir procurá-lo"; e eu lhe disse: "Ah, se eu também tivesse asas!"; e ele disse: "Você que ir até seu pai?"; e eu disse: "Quem me dera! Mas quem me levaria lá?"; e ele disse: "Eu posso levá-lo"; e eu disse: "Como?"; e ele disse: "Suba na minha garupa"; e assim voamos a noite inteira, e, então, na manhã seguinte, todos os pescadores que olhavam para o mar me disseram: "Há um homem no barquinho que está quase se afogando"; e eu, de longe, o reconheci imediatamente, pois meu coração me dizia, e eu lhe fiz um sinal para que voltasse para a praia...

As aventuras de Pinóquio

– Eu também reconheci você – disse Gepeto – e teria voltado à praia com prazer, mas como? O mar estava agitado, e uma onda virou meu barquinho. Então, um horrível Tubarão, que estava ali perto, assim que me viu na água, logo correu em minha direção e, botando a língua para fora, me pegou com facilidade e me engoliu como um ravióli.

– E há quanto tempo está preso aqui dentro? – perguntou Pinóquio.

– Daquele dia até hoje vão fazer dois anos agora. Dois anos, meu Pinóquio, que me parecem dois séculos!

– E como o senhor conseguiu sobreviver? E onde encontrou essa vela? E o fogo para acendê-la, quem lhe deu?

– Vou lhe contar tudo agora. Pois saiba então que a mesma tempestade que virou o meu barquinho também fez um navio mercante afundar. Todos os marinheiros se salvaram, mas a embarcação foi para o fundo, e o famoso Tubarão, que naquele dia estava com um excelente apetite, depois de ter me engolido, engoliu também a embarcação.

– Como? Engoliu-o inteiro, de uma vez só? – perguntou Pinóquio, espantado.

– De uma vez só; e cuspiu somente o mastro principal, pois havia ficado preso entre os dentes, como uma espinha. Para a minha sorte, o navio estava carregado não somente de carne enlatada, mas também de biscoitos, isto é, de pão torrado, de garrafas de vinho, de uvas-passas, de queijo, de café, de açúcar, de velas glicerinadas e de caixas de fósforos. Por toda essa graça divina, pude sobreviver por dois anos. Mas hoje estão chegando ao fim: já não há mais nada na despensa, e essa vela, que você vê acesa, é a última vela que me sobrou…

– E depois?

– E depois, meu querido, ficaremos os dois no escuro.

– Então, papai – disse Pinóquio –, não temos tempo a perder. Precisamos dar um jeito de fugir agora mesmo.

– Fugir? Mas como?

– Escapando pela boca do Tubarão e nos atirando ao mar a nado.

– Ótima ideia. Porém eu não sei nadar, querido Pinóquio.

– E daí? O senhor monta como a cavalinho em minhas costas, e eu, que sou um bom nadador, o levarei são e salvo até a praia.

– Ilusão, meu filho! – replicou Gepeto, balançando a cabeça e sorrindo melancolicamente. – Você acha mesmo que um boneco como você, de no máximo um metro de altura, pode ter tanta força a ponto de me levar a nado nas costas?

– Vamos tentar e descobriremos. De qualquer modo, se estiver escrito nas estrelas que devemos morrer, pelo menos vamos ter o grande consolo de morrermos abraçados.

E, sem dizer mais nada, Pinóquio tomou a vela nas mãos e, andando na frente para iluminar, disse para o pai:

– Fique atrás de mim e não tenha medo.

E assim caminharam por um bom tempo, atravessando todo o corpo e todo o estômago do Tubarão. Mas, ao chegarem ao ponto onde começava a imensa garganta do monstro, acharam melhor parar para dar uma conferida e aproveitar o momento certo para a fuga.

Agora, é preciso saber que o Tubarão, sendo muito velho e sofrendo de asma e de palpitação no coração, era obrigado a dormir de boca aberta, por isso Pinóquio, ao debruçar-se sobre o início da garganta e olhar para cima, pôde ver do lado de fora daquela imensa boca escancarada um belo pedaço do céu estrelado e um belíssimo luar.

– Este é o momento certo para escaparmos – sussurrou então, virando-se para seu pai. – O Tubarão dorme como uma pedra, o mar está tranquilo, e está claro como o dia. Siga-me, papai, e em pouco tempo estaremos salvos.

Dito e feito, subiram pela garganta do monstro marinho e, ao chegarem à imensa boca, começaram a caminhar na ponta dos pés sobre a língua; uma língua tão larga e tão longa que parecia uma avenida. E já estavam prestes a dar o grande salto e se atirarem a nado no mar quando, na hora H,

As aventuras de Pinóquio

o Tubarão espirrou e, ao espirrar, deu um solavanco tão violento que Pinóquio e Gepeto foram ricocheteados para trás e lançados novamente para o fundo do estômago do monstro.

Com o grande impacto da queda, a vela se apagou, e pai e filho ficaram no escuro.

– E agora? – disse Pinóquio, ficando sério.

– Agora, meu garoto, estamos completamente perdidos.

– Por que estamos perdidos? Me dê sua mão, papai, e cuidado para não escorregar!

– Para onde está me levando?

– Precisamos tentar de novo. Venha comigo e não tenha medo.

Dito isso, Pinóquio pegou o pai pela mão e, caminhando sempre nas pontas dos pés, subiram juntos pela garganta do monstro. Depois, atravessaram toda a língua e ultrapassaram as três fileiras de dentes. Antes de dar o grande salto, porém, o boneco disse para o pai:

– Suba de cavalinho nas minhas costas e me abrace bem forte. Eu cuidarei do resto.

Assim que Gepeto se acomodou confortavelmente nas costas do filho, o corajoso Pinóquio, seguro de si, atirou-se na água e começou a nadar. O mar estava parado como óleo; a lua brilhava em todo o seu esplendor; e o Tubarão continuava a dormir um sono tão profundo que nem um tiro de canhão o teria acordado.

36

Enfim, Pinóquio deixa de ser um boneco e torna-se um menino.

AS AVENTURAS DE PINÓQUIO

Enquanto Pinóquio nadava muito rápido para chegar até a praia, reparou que seu pai, que estava de cavalinho em suas costas e com metade das pernas submersas, tremia sem parar, como se estivesse com uma febre terçã.

Tremia ele de frio ou de medo? Quem poderia saber? Talvez um pouco de cada. Mas Pinóquio, acreditando que fosse de medo, disse para confortá-lo:

– Coragem, papai! Em poucos minutos, chegaremos em terra firme e estaremos salvos.

– Mas onde fica esta bendita praia? – perguntou o velhote, ficando cada vez mais inquieto e apertando os olhos, como fazem os alfaiates quando passam a linha na agulha. – Pois estou aqui a olhar por toda parte, e não vejo nada além do céu e do mar.

– Mas eu estou vendo a praia também – disse o boneco. – Para seu governo, sou como os gatos: enxergo melhor de noite do que de dia.

O pobre Pinóquio fingia estar de bom humor, mas, em vez disso… bom, em vez disso, começava a desanimar: a força começou a falhar, sua respiração tornou-se pesada e ofegante… resumindo, não aguentava mais, e a praia ainda estava muito longe.

Nadou enquanto teve fôlego. Depois, virou-se para Gepeto e disse com palavras interrompidas:

– Papai… nos ajude… porque estou morrendo!

Pai e filho estavam então prestes a se afogar quando ouviram uma voz de violão desafinado, que disse:

– Quem está morrendo?

– Eu e meu pobre pai!

– Eu conheço essa voz! Você é o Pinóquio!

– Exatamente. E você?

– Sou o Atum, seu companheiro de prisão no corpo do Tubarão.

– E como conseguiu escapar?

– Imitei o seu exemplo. Você me ensinou o caminho e, depois que você se foi, eu fugi também.

– Caro Atum, você apareceu na hora certa. Eu lhe imploro pelo amor que você tem pelos seus filhos, os atunzinhos, que nos ajude, ou estaremos perdidos.

– Com o maior prazer e de todo o meu coração. Segurem-se, os dois, na minha cauda e deixem que eu os guie. Em quatro minutos, estarão na costa.

Como podem imaginar, Gepeto e Pinóquio aceitaram de imediato o convite, mas, em vez de se segurarem na cauda, julgaram mais cômodo sentarem-se na garupa do Atum.

– Somos muito pesados? – perguntou-lhe Pinóquio.

– Pesados? Nem um pouco. Parece que estou carregando duas conchas – respondeu o Atum, que tinha uma estatura tão grande e robusta que parecia um vitelo de dois anos.

Ao chegarem à costa, Pinóquio pulou na areia primeiro, para ajudar o pai a descer. Depois, voltou-se para o Atum e, com uma voz emocionada, disse:

– Meu amigo, você salvou o meu pai! Portanto, não tenho palavras para agradecer-lhe o suficiente. Permita-me ao menos que eu lhe dê um beijo em sinal de reconhecimento eterno!

Atum botou o focinho para fora da água, e Pinóquio, ajoelhando-se no chão, deu-lhe um carinhosíssimo beijo na boca. Diante desse gesto de espontânea e extrema ternura, o pobre Atum, que não estava acostumado com isso, sentiu-se tão comovido que, com vergonha de ser visto chorando como um bebê, enfiou a cabeça na água de novo e desapareceu.

Nesse meio-tempo, amanheceu.

Então Pinóquio, oferecendo o braço a Gepeto, que tinha fôlego apenas para se manter em pé, disse-lhe:

As aventuras de Pinóquio

– Apoie-se no meu braço, papaizinho, e sigamos em frente. Caminharemos bem devagarzinho, como as formigas, e, quando nos cansarmos, descansaremos ao longo do caminho.

– E para onde vamos? – perguntou Gepeto.

– Em busca de uma casa ou uma cabana onde possam nos dar, por caridade, um pedaço de pão ou um pouco de palha que nos sirva de cama.

Não haviam dado nem cem passos ainda quando viram, sentados no acostamento da estrada, dois marginais horríveis que estavam ali pedindo esmola.

Eram o Gato e a Raposa, mas estavam irreconhecíveis. Imaginem que o Gato, de tanto se fingir de cego, acabou ficando cego de verdade; e a Raposa, envelhecida, definhando e paralisada de um lado, não tinha sequer o rabo mais. Pois é. Aquela triste larápia, na mais esquálida miséria, viu-se forçada a, um belo dia, vender até seu belíssimo rabo para um vendedor ambulante, que o comprou para fazer um mata-moscas.

– Ó, Pinóquio – gritou a Raposa, com voz chorosa –, faça uma caridade a estes dois pobres enfermos.

– Enfermos! – repetiu o Gato.

– Adeus, seus falsos – respondeu o boneco. – Vocês me enganaram uma vez, mas agora não caio mais nessa, não.

– Pois acredite, Pinóquio. Hoje somos miseráveis e desgraçados de verdade!

– Se são miseráveis, fizeram por merecer. Lembrem-se do provérbio que diz: "Dinheiro roubado nunca dá frutos". Adeus, seus falsos!

– Tenham piedade de nós!

– De nós!

– Adeus, seus falsos! Lembrem-se do provérbio que diz: "A farinha do diabo é apenas farelo".

– Não nos abandone!

– ... one! – repetiu o Gato.

– Adeus, seus falsos! Lembrem-se do provérbio que diz: "Quem rouba a manta do próximo costuma morrer nu".

Dito isso, Pinóquio e Gepeto seguiram tranquilamente seu caminho. Até que, depois de mais cem passos, avistaram ao longe da estradinha, no meio das plantações, uma bela cabana toda de palha, cujo telhado era feito de telhas e alvenaria.

– Alguém deve viver naquela cabana – disse Pinóquio. – Vamos até lá e bateremos.

De fato, foram até lá e bateram à porta.

– Quem é? – disse uma vozinha de dentro.

– Somos um pobre pai e um pobre filho, sem pão e sem teto – respondeu o boneco.

– Girem a chave, e a porta se abrirá – disse a mesma vozinha.

Pinóquio girou a chave, e a porta se abriu. Assim que entraram, olharam de um lado para o outro e não viram ninguém.

– Onde está o dono da cabana? – perguntou Pinóquio, espantado.

– Estou aqui em cima!

Pai e filho voltaram-se imediatamente para o teto e avistaram sobre uma viga o Grilo-Falante.

– Oh! É meu querido Grilinho! – disse Pinóquio, cumprimentando-o educadamente.

– Agora você me chama de "seu querido Grilinho", não é? Mas você se lembra de quando, para me expulsar de sua casa, me arremessou um cabo de martelo?

– Tem razão, Grilinho! Pode me expulsar também… e arremessar-me um cabo de martelo. Mas tenha piedade do meu pobre pai…

– Eu terei piedade do pai e do filho também, mas quis relembrá-lo da má educação que recebi ao tentar ensinar-lhe que, neste mundo, quando possível, é preciso nos mostrarmos gentis com todos se quisermos ser tratados com a mesma gentileza nos dias de necessidade.

AS AVENTURAS DE PINÓQUIO

– Tem razão, Grilinho, tem absoluta razão. E eu terei sempre em mente a lição que você me deu. Mas, me diga: como fez para comprar esta bela cabana?

– Fui presenteado com esta cabana ontem, por uma graciosa cabra que tinha uma belíssima lã azul-turquesa.

– E para onde foi a cabra? – perguntou Pinóquio com nítida curiosidade.

– Eu não sei.

– E quando ela voltará?

– Não voltará mais. Partiu ontem mesmo, toda aflita e, balindo, parecia dizer "Pobre, Pinóquio… não vou vê-lo nunca mais… a esta hora já deve ter sido devorado pelo Tubarão!".

– Ela disse isso mesmo? Então era ela! Era ela… era minha querida Fadinha! – começou a gritar Pinóquio, soluçando e chorando copiosamente.

Depois de ter chorado bastante, enxugou os olhos, preparou uma confortável caminha de palha e fez o velho Gepeto deitar-se nela. Então, perguntou para o Grilo-Falante:

– Grilinho, onde eu poderia conseguir um copo de leite para meu pobre pai?

– A umas três propriedades daqui, você encontrará o verdureiro Giangio, que tem algumas vacas. Vá até ele e conseguirá o leite que procura.

Pinóquio foi correndo até a casa do verdureiro Giangio, que lhe disse:

– Quanto de leite você quer?

– Quero um copo cheio.

– Um copo de leite custa um tostão. Portanto, me pague primeiro.

– Eu não tenho nem um centavo – respondeu Pinóquio, completamente mortificado e aflito.

– Que pena, caro boneco – replicou o verdureiro. – Se você não tem nem um centavo, eu não tenho nem um dedo de leite.

– Paciência! – disse Pinóquio, já preparando-se para ir embora.

– Espere um pouco – disse Giangio. – Podemos entrar em um acordo. Você gostaria de aprender a girar a nora?

– O que é nora?

– É aquela roda de madeira que serve para tirar água do poço para irrigar a horta.

– Eu posso tentar...

– Então, tire cem baldes de água para mim, e eu lhe darei um copo de leite como recompensa.

– Está certo.

Giangio levou o boneco até a horta e lhe ensinou como girar a nora. Pinóquio começou a trabalhar imediatamente e, antes de finalizar os cem baldes de água, já estava pingando de suor da cabeça aos pés. Ele nunca havia feito tamanho esforço.

– Até agora quem fazia esse trabalho de girar a nora – disse o verdureiro – era o meu burrinho. Mas hoje o pobre animal está quase no fim da vida.

– Eu poderia vê-lo? – disse Pinóquio.

– Claro.

Assim que Pinóquio entrou no estábulo, avistou um belo burrinho estirado sobre a palha, debilitado pela fome e pelo excesso de trabalho. Ao encará-lo fixamente, disse para si mesmo, perturbado:

– Mas eu conheço esse burrinho! Sua fisionomia não me é estranha!

E, inclinando-se em direção a ele, perguntou-lhe em dialeto asinino:

– Quem é você?

Ao ouvir a pergunta, o burrinho abriu os olhos moribundos e respondeu, balbuciando no mesmo dialeto:

– Sou Pa... vio...

E então fechou os olhos novamente e morreu.

– Oh! Pobre Pavio! – disse Pinóquio baixinho. E, pegando um punhado de palha, enxugou uma lágrima que lhe escorria pelo rosto.

As aventuras de Pinóquio

– Você se comove tanto assim por um burrinho que não lhe custou nada? – perguntou o verdureiro. – E eu, que o comprei por quatro tostões, deveria agir como?

– Eu lhe explico... Ele era meu amigo!

– Seu amigo?

– Um colega de escola.

– Como? – gritou Giangio, caindo na risada. – Como é que havia burros entre seus colegas de escola? Podemos imaginar então o nível de estudo que deve ter feito!

O boneco, sentindo-se mortificado por essas palavras, não respondeu; mas pegou seu copo de leite quase quente e voltou para a cabana.

A partir daquele dia, por mais de cinco meses, continuou a se levantar pela manhã, antes de o sol nascer, para ir girar a nora e, assim, ganhar o copo de leite que fazia tão bem para a saúde debilitada de seu pai. E não se contentou com isso: pois, com o passar do tempo, aprendeu a fabricar cestas e bacias de junco e, com os tostões que ganhava, provia com muito juízo todas as despesas cotidianas. Entre outras coisas, construiu sozinho uma elegante carretinha para levar seu pai para passear nos dias de sol e para fazê-lo tomar um pouco de ar fresco.

E, já tarde da noite, ele praticava a leitura e a escrita. Havia comprado nas redondezas, por poucos centavos, um livro enorme, que não tinha mais a capa e o índice, e com ele fazia suas leituras. Para escrever, usava um galhinho seco como caneta e, não tendo nem tinta nem tinteiro, mergulhava-o em um frasquinho cheio de extrato de amora e cereja.

Fato é que, com sua grande vontade de se superar, de trabalhar e de seguir em frente, não somente havia conseguido sustentar com certo conforto seu pai adoentado, mas ainda economizar quarenta tostões para comprar uma roupinha nova.

Certa manhã, disse para seu pai:

CARLO COLLODI

– Vou ao mercado aqui do lado comprar um casaco, um chapeuzinho e um par de sapatos para mim. Quando eu voltar para casa – acrescentou, rindo –, estarei tão bem vestido que o senhor me confundirá com um nobre cavalheiro.

Ao sair de casa, começou a correr, todo alegre e contente, quando, de repente, ouviu alguém chamar o seu nome e, ao virar-se, avistou uma bela Lesma que despontava do meio do arbusto.

– Não está me reconhecendo? – perguntou a Lesma.

– Acho que sim e acho que não...

– Não se lembra daquela Lesma que trabalhava para a Fada dos cabelos azuis? Não se lembra daquele episódio quando desci para lhe abrir a porta e você estava com um pé cravado nela?

– Eu me lembro de tudo – gritou Pinóquio. – Mas, responda-me logo, Lesminha linda: onde você deixou minha boa Fada? O que ela está fazendo? Ela me perdoou? Ainda se lembra de mim? Ainda gosta de mim? Está longe daqui? Eu poderia ir ao encontro dela?

A todas essas perguntas, feitas precipitadamente e sem tomar fôlego, a Lesma respondeu com sua calma habitual:

– Meu Pinóquio! A pobre Fada está presa em um leito de hospital!

– Hospital?

– Infelizmente. Foi acometida por mil desgraças, ficou gravemente doente e não tem mais como comprar nem um pedaço de pão.

– É sério? Oh, que grande dor me causou! Oh, minha pobre Fadinha! Pobre Fadinha! Pobre Fadinha! Se eu tivesse um milhão, correria para levar para ela... Mas tenho apenas quarenta tostões, veja só. Eu estava indo agora mesmo comprar uma roupinha nova. Pegue todos eles, Lesma, e leve-os imediatamente para a minha boa Fada.

– E a sua roupa nova?

– Quem se importa com roupa nova? Eu venderia até estes trapos que estou vestindo para poder ajudá-la! Vá, Lesma, depressa. E volte daqui a

AS AVENTURAS DE PINÓQUIO

dois dias, pois talvez possa lhe dar mais dinheiro. Até agora tenho trabalhado para sustentar o meu pai; a partir de hoje, trabalharei cinco horas a mais para sustentar minha mãezinha também. Adeus, Lesma, e nos vemos daqui a dois dias.

A Lesma, contra seu costume, começou a correr como um lagarto sob o sol escaldante de verão.

Quando Pinóquio voltou para casa, seu pai lhe perguntou:

– E a roupinha nova?

– Eu não achei nenhuma que me caísse bem. Paciência! Eu comprarei outro dia.

Naquela noite, Pinóquio, em vez de ir dormir às dez, foi dormir à meia-noite; e, em vez de fazer oito cestas de junco, fez dezesseis.

Então, foi para a cama e adormeceu. E, ao dormir, apareceu-lhe em sonho a Fada, toda bela e sorridente, a qual, depois de lhe dar um beijo, falou assim:

– Parabéns, Pinóquio! Graças ao seu bom coração, eu o perdoo por todas as travessuras que fez até hoje. As crianças que ajudam amorosamente seus pais em suas misérias e enfermidades merecem sempre grandes honras e um enorme afeto, mesmo quando não podem ser citados como modelos de obediência e de bom comportamento. Tenha juízo daqui para a frente e será feliz.

O sonho terminou nesse exato momento, e Pinóquio acordou com os olhos arregalados.

Agora, imaginem vocês qual foi a surpresa dele quando, ao se levantar, percebeu que não era mais um boneco de madeira, mas que havia se tornado um menino como todos os outros. Olhou ao seu redor e, em vez das habituais paredes de palha da cabana, viu um belo quartinho mobiliado e decorado com uma simplicidade quase elegante. Pulando imediatamente da cama, encontrou ali separados uma linda roupinha nova, um chapeuzinho